目覚めたら、極上ドクターの愛され妻になっていました

～過保護な旦那様は記憶を失くした彼女を愛し蕩かしたい～

m a r m a l a d e b u n k o

郁

marmalade bunko

マーマレード文庫

目次

目覚めたら、極上ドクターの愛され妻になっていました
～過保護な旦那様は記憶を失くした彼女を愛し蕩かしたい～

目覚めたら、極上ドクターの愛され妻になっていました

～過保護な旦那様は記憶を失くした彼女を愛し蕩かしたい～

序章

雪が降っている。
静かな世界に私はひとりぼっち。
冷気に包まれ、身を震わせた。
「誰かいるの？」
人の気配がして振り向くけれど、そこには闇と、降り積もる雪があるだけ。
「私、どうしたんだろ」
胸を押さえて立ち尽くす。痛みを感じるのはなぜ？
突然、足もとがひび割れた。
バランスが崩れて、真っ逆さまに落下する感覚。
助けて……！
愛する人を求めて手を伸ばす。
だけど、つかんだのはひとひらの雪。
そして私は、意識を失った。

第一章　一年後の世界　～美桜～

そっと瞼《まぶた》を開くと、誰かがそばにいた。

「美桜《みお》、気がついたのか」

聞いたことのある優しい声。男らしい低音ボイス。

目の前にいる、この人は――

「……水元《みなもと》先生？」

起き上がろうとする私を、彼が止めた。

「頭を打ってるんだ。無理をするな」

「えっ？」

頭に手をやると包帯が巻いてあり、額の右辺りに腫れと痛みがあった。

私が寝ているのは電動式のパイプベッド。よく見ると、ここは病院の個室だ。壁の時計は午後十時を指している。

「すみません。私、状況がよく分からなくて……」

水元先生が私の顔を覗《のぞ》き込《こ》み、心配そうに見つめてきた。病室にいるのは彼と私の二人だけである。

（もしかして、さっき『美桜』って呼んだのは、先生？）

まさか、そんなはずはない。

すらりと背が高く、眉目秀麗なこの男性は、私が勤める有坂《ありさか》大学病院の水元良希《よしき》先生。消化器専門医として第一線で活躍する優秀な外科医だ。

そして私は、外科病棟で働く一看護師。白衣をまとい颯爽《さっそう》と歩く彼の姿にいつも見《み》惚《と》れ、「堀《ほり》さん」と苗字《みょうじ》を呼ばれるだけで胸をときめかせている。

つまり彼は、私の片思いの相手なのだ。

さっきの声は空耳か、夢でも見たのだろう。

「あの……もしかして私、救急搬送されたのですか？」

水元先生の熱っぽい眼差《まなざ》しに戸惑いつつ、推測を口にした。ここは有坂大学病院ではない。

「そうだよ。君は堤防の階段から落ちて、頭を打ったらしい。発見されたとき、意識を失っていた」

「堤防の階段……」

まったく覚えがない。でも実際に頭が痛いし、怪我《けが》をしたのは確かだ。

「……分からないです」

なにも思い出せない私に、水元先生がいきなり覆《おお》い被《かぶ》さってきた。

「ひゃっ、なにを？」

「美桜」

名前を呼ばれた。しかも、やっぱり下の名前を呼び捨てにして。

前髪が触れそうなほどの距離で！

「みっ、水元先生？」

「かわいそうに。前後の記憶が飛んでるんだな。だけどもう大丈夫、俺がついてる」

「ええっ？」

水元先生の大きな手が私の頬を包み、顔を寄せてきた。こんな大接近、あり得ない。

「せっ、先生。ちょっと待ってください。どうして私に、そんなことを」

「美桜？」

先生が悲しそうに目を伏せた。こんなにも無防備な顔、見たことがない。

わけが分からずドキドキするばかりの私に、彼は囁《ささや》いた。

「先生じゃなくて、良希だろ？　俺は君の夫なんだから」

「……」

これは夢？

私はますます混乱し、口をパクパクさせる。

「せっ、先生。ふざけないでください。いくら先生でもそんな、冗談にもほどがあります！」

思わず強く抗議した。感情がごちゃまぜになり、声が震えてしまう。

「冗談って……」

彼は身体《からだ》を離すとベッド脇の椅子に腰掛け、しばし考え込んだ。顎《あご》に手をやり思案する姿は、難しい患者の治療方法を探っているかのよう。

真剣な表情に、私はなにも言えなくなった。

「よし、質問に答えてくれ。俺の名前と年齢は？」

「え……先生の、ですか？」

なぜそんなことを訊《き》くのだろう。不思議だったが、彼は大真面目であり、逆らえる雰囲気ではない。

「先生のお名前は、水元良希。年齢は、ええと……二十七の私より六つ年上だから、三十三歳です」

「ちょっと待っててくれ」

水元先生が部屋を出て、じきに一人の医師を連れてきた。

「こんばんは、お久しぶりです」

「あっ」

色白の細面にシルバーフレームの眼鏡《めがね》。知的な雰囲気を持つ医師に見覚えがあった。

「僕のことは覚えているようですね」

「はい、もちろん。北野《きたの》先生です」

一年前まで有坂大学病院に勤務していた脳神経外科の北野公平《こうへい》先生。彼の現在の勤め先は、確か……

「私、三日月《みかづき》市の病院に搬送されたんですか？」

「そう、ここは三日月市総合病院。搬送されたのは今日の十七時頃です」

「失礼します」

パソコンや計測器を載せたワゴンを押して看護師が入室した。私の体温や血圧をてきぱきと測り、北野先生に告げる。

「バイタルは正常ですね。ゆっくりと起きてみましょう」

「はい、北野先生……あっ」

水元先生が私の背中をさっと支え、起きるのを手伝ってくれた。当然のように差し出された力強い腕に、またしてもドキドキさせられる。

「すみません」

「どういたしまして。痛くないか？」

そういえば額だけでなく、腕や背中、身体のあちこちがズキズキする。患者衣の袖をまくると、腕に擦り傷があった。

「私、本当に階段から転げ落ちたんですね」

「状況から、そう判断されたんだ。なっ、そうだろ北野」

北野先生は水元先生と同じ大学出身の一年後輩だ。医学部時代から続く関係のためか遠慮がない。

「はい。堤防道路から清流《せいりゅう》公園へと下りる階段の踊り場で倒れていました。ランニング中の高校生が発見し、消防に通報したのです。彼らの説明を聞く限り、転落事故で間違いありません」

そうだったのかと、私は納得する。

「清流公園は昔からお気に入りの場所で、よく散歩に出かけます。最寄《もよ》り駅で電車を降りて、堤防を歩いていくのがいつものコースなんです」

「おそらくあなたは、濡れた階段で足を滑らせて転落した。今日は、かなり雪が降っていましたから」

「えっ、雪？」

雪が積もるような日に、なぜわざわざ電車に乗って出かけたのだろう。

よく分からないが、北野先生の推測はたぶん当たっている。堤防の階段は急だし、運動神経の鈍い私は頭から転げ落ちたのだ。

しかし問題は、その経緯に確信が持てないこと。まったく思い出せず、心許ない気持ちになる。

「そうだ！　スマホの位置情報を調べれば、今日の行動を正しく追跡できますよね」

「GPS機能を使った地図アプリですか。しかし、そこまで調べる必要はないのでは」

必要がないとしても、自分の身になにが起きたのか、できるだけ把握したい。

意思を告げる私に、北野先生は「確かに」と、うなずいてくれた。

「あの、私のスマホはどこに……」

「君のバッグはここだ。スマホはいつもポケットに仕舞ってあるだろ」

水元先生が収納棚からバッグを取り出し、私に手渡す。

「これは、私の？」

「ああ」

見覚えのないレザーのトートバッグ。私の持ち物にしては珍しいブランド品だけど、好みのデザインである。

ポケットを探ると、彼が言ったとおりスマートフォンがあった。

取り出して、手帳型のケースを開く。ロック画面はいつもの花のイラスト。ホームボタンを押すとパスコードの入力画面になり、私は２７８５と、迷いなくタップした。覚えやすい四桁の数字は、看護学校時代の学籍番号である。

「あれっ？」

タップし損ねたのだろうか。もう一度ゆっくり入力してみるが、ダメだった。

「どうしよう。ロックが解けません」

再度試そうとして手を止める。確か、何度も間違えると初期化されてしまうはずだ。

「結婚前から同じ機種だが、コードだけ変えたんじゃないか」

「そうかもしれませ……はいっ？」

水元先生と至近距離で目が合う。

「わ、私が結婚って、誰と……」

そんなの、まったく身に覚えがない。この人はさっきからなにを言っているのか。

私は困惑し、さっと目を逸《そ》らした。

「美桜、こっちを向け」

「……」

全部私の聞き間違いだ。名前を呼び捨てにするのも冗談に決まっている。とにかく今は、スマホをなんとかしなければ。

ロック解除に集中しようとすると、水元先生のため息が聞こえた。

「北野。さっきも話したが、美桜は俺と結婚したことを忘れてしまったようだ」

「そのようですね」

驚いて北野先生を見ると、真顔だった。彼は冗談に乗るようなタイプではない。

「あの……まさか本当に？　水元先生がふざけているのではなくて？」

「いくらこの人でも、そんなたちの悪い冗談は言いません」

「それ、フォローしてるのか？」

水元先生は陽気な性格で、スタッフや患者さんにたびたびジョークを披露する。でもそれは悪ふざけではなく、場を和ませるユーモアだ。

――俺は君の夫なんだから。

――美桜は俺と結婚したことを忘れてしまったようだ。

信じられないけれど、彼の発言は事実らしい。

「私……どうにかなりそうです！」

「そんなにショックなのか？」

心外そうに問われ、私は慌てて首を横に振った。頬が熱くなり、正直な感情があふれ出してしまう。

「違うんです。つまり、ショックはショックでも、ハッピーなショックとでも申しましょうか……」

「なんだって？　よく聞こえないぞ」

しどろもどろの私に、ぐっと近づく。水元先生の凛々《りり》しくも端麗な顔立ちが迫り、容赦なく追い詰めてくる。

「水元先生、落ち着いてください。彼女を責めるより、なにを忘れてしまったのか明らかにするのが肝要です」

「分かってるさ。責めてるわけじゃない」

水元先生は身体を離すと私の髪をぽんぽんと撫《な》で、優しく微笑《ほほえ》んだ。そんな場合じゃないのに、思わず見惚れてしまう。

「スマホの解析はあとにして、できることから始めましょう」

北野先生がパソコンを操作して診察の準備をする。私はスマートフォンをバッグに戻し、感情を落ち着かせた。

「お願いします」

北野先生の質問に一つ一つ丁寧に答えた。

そばに寄り添う水元先生の、熱い眼差《まなざ》しに見守られながら。


「水元美桜さん。どうやらあなたが失《な》くしたのは、水元先生と付き合い始めた昨年の二月以降の記憶。今日は二月四日なので、ちょうど一年分ですね」

診察後、北野先生があらたまった様子で私に確認した。

「そう、みたいです」

私の現在の名前は『堀美桜』ではなく『水元美桜』。健康保険証、運転免許証、美容院のメンバーズカードに至るまで、すべて変更されていた。

年齢は二十八歳。そして、六つ年上の先生は三十四歳である。

水元先生と私が夫婦というのは驚くべき事実だった。ちなみに私たちが結婚したのは昨年の秋で、まだ新婚三ヶ月目だそうだ。

「俺と付き合い始めた頃からの記憶がない……本当に、全部忘れたのか」

水元先生がひどく沈んだ様子で首を垂れた。

「先生……」

いつも前向きで明るい先生が、こんなにも落ち込むなんて。

私が失くしたのは、二人が付き合い始めてから一年間の記憶。それは彼にとって、いや私にとっても、きっと大切な思い出なのだ。

実感がなくて戸惑うばかりだが、彼をがっかりさせて申しわけなく思う。

「あの、なんと言えばいいのか……すみません」

「謝らなくていいよ。君のせいじゃない」

私の手を取り、にこりと笑う。少し無理をした感じが切なくて、胸が痛んだ。

「よし、北野。所見をまとめてくれ」

「承知しました」

北野先生が電子カルテを確かめながら話す。

「水元美桜さん。あなたは頭を打ったことで過去の記憶を失くした。逆行性健忘。いわゆる記憶喪失の状態です。ただ、意識障害を呈したものの傷は軽度で、頭部ＣＴの結果にも異常が見られません」

私は額に手をやり、怪我のていどを確認する。腫れはさほどでもないが、表皮が切れたので大げさに包帯を巻かれたようだ。

「頭痛や吐き気、まひも痙攣《けいれん》もなく、脳波計の数値も正常範囲内です。記憶喪失は心因性の場合がありますが、状況から見て転落によるショックが原因でしょう。いずれにせよ症状は限定的で、じゅうぶんな回復が見込まれる。しかし気になるのはやはり、頭を打ったことです。経過観察と、再度の画像診断が必要ですね」

「慢性硬膜下血腫の可能性か」

水元先生が眉をひそめる。私の頭にも同じ言葉が浮かんだ。

「そうです。今はなんともなくても、何ヶ月かあとに硬膜下に血が溜《た》まって脳を圧迫し、頭痛やまひが出ることがある。高齢者に多い症状ですが……美桜さん、抗凝固剤などの服用は？」

「いいえ、飲んでいません……と、思います」

水元先生をちらりと見やる。彼は夫、つまり私の家族だ。

「美桜は健康体だよ。薬はなにも飲んでいない」

「承知しました。今夜は念のため入院して、様子を見ましょう」

診察が終わり、北野先生と看護師が退室した。

二人きりになると、水元先生がいきなり私を抱きしめてきた。

「わっ、せ……先生？」

突然のスキンシップ！

反射的に逃れようとするが、強い力に閉じ込められてしまう。セーター越しに伝わる鼓動と彼の温《ぬく》もり。厚い胸板には微《かす》かな消毒の匂い。

憧れの人に抱きしめられて、どうすればいいのか分からなくなる。

「まったく……心配させやがって」

感情のこもる声で囁かれ、私はすぐに大人しくした。

彼は心の底から私を心配している。

「しつこく念を押すが、俺は君の夫だ。セクハラじゃないぞ」

そっと顔を上げると、水元先生がいたずらっぽく笑う。ちょっと照れた様子に、私は思わず微笑んだ。

「おっ、元気が出てきたな。さっきまで怯《おび》えた小動物みたいだったけど」

「そ、そうですか？」

水元先生らしいユーモラスな表現に心が和む。この笑顔も、思いやりも、先生のすべてが大好き。その気持ちは忘れていない。

「あの、水元先生」

「だからな、そうじゃなくて」

鼻先をつつかれて、私はぽかんとする。

「俺と付き合い始めてから、君は『良希さん』と呼んでくれた。慣れるまで、かなり時間がかかったけどね」

「えっ……あ、そうなんですね」

尊敬するドクターを下の名前で呼ぶなんて、ハードルが高すぎる。遠慮しまくる自分の姿が目に浮かんだ。

「イチからやり直しだな。堅苦しい呼び方じゃ気分が出ないだろ？」

「気分、ですか？」

「俺たちは新婚なんだ。ぜひ『良希さん』って呼ばれたいなあ」

私の顔を覗き込み、甘々なムードで迫ってくる。私の記憶にある水元先生とは明らかに違う。それもそのはず、今の私たちは夫婦なのから。

「すっ、すみません。頑張って慣れますので、今夜はもう勘弁してくださいっ」

片思いの相手と一足飛びに夫婦になるなんて、刺激が強すぎて混乱する。一旦、落ち着きたかった。

「ま、しょうがない。美桜だもんな」

逃げ腰の私を見て苦笑する。どうやらこの人は、私という人間をよく理解しているようだ。これ以上迫られたら、どうにかなってしまうことも。

「今夜はゆっくりお休み。明日、迎えに来るからな」

「はい、水元先生……あっ、じゃなくて……良希、さん」

頬を火照らせる私を、よしよしと褒めてくれる。なぜこんなにも蕩《とろ》けそうな顔をするのだろう。

「俺たちがどんな恋をして結ばれたのか、一つ一つゆっくりと思い出せばいい。確かに言えることは、美桜は俺の大事な奥さんだってこと」

水元先生――良希さんはもう一度私を抱きしめ、優しく髪を撫でてくれた。

◇　◇　◇

翌日の土曜日は休診日だが、北野先生が朝早く出てきて診察してくれた。大学病院にも脳神経外科があるが、今後も彼に診てもらうことにする。主治医の選択は、良希さんのすすめでもあった。

診察のあと、帰宅の準備をした。

バッグに化粧ポーチが入っていたので簡単にメイクし、髪も梳《と》かす。包帯は取れたが、大きめの絆創膏《ばんそうこう》が貼ってあるので、ちょっとやりにくい。

服を着替えてから、洗面台の鏡に映る自分をしげしげと眺めた。

いつものショートボブではなく、セミロングに変わっている。髪が伸びたせいか、前より大人びて見えた。でも、服装のセンスはいつもどおりのナチュラル系コーデだし、口紅も愛用のピンクベージュである。

お洒落《しゃれ》スキルは相変わらずみたいだ。ホッとしたような残念なような、複雑な気分だった。


しばらくすると良希さんが迎えに来てくれた。北野先生とスタッフに挨拶を済ませて、病院をあとにする。

「良希さん。お仕事は大丈夫ですか？」

「ああ。当直を代わってもらったんだ。今日明日とゆっくり過ごそうな」

私のためにスケジュールを調整してくれたのだ。申しわけなく思いつつ、彼の気遣いに感謝した。

（仕事か……）

私は昨年の秋に結婚すると同時に退職したそうだ。今朝、『事故に遭ったことを師長に連絡したい』と言う私に、良希さんが教えてくれた。

記憶にあるのは病棟看護師として働く日々。今は専業主婦だと聞かされても実感が湧かず、不思議な感じがする。

「寒くないか」

「大丈夫です。エアコンが効いてるから」

良希さんが運転するのはドイツの高級車。車体の色は彼の好きなダークブルーだ。

「車、変わってないですね」

「ああ。君もこの車が好きだと言ってくれたし、大事に乗ってるよ」

私が覚えているのは、昨年の二月までの出来事。今日の日付は二月五日。あの日から、ちょうど一年後に当たる。

「去年の二月に、良希さんの車でアパートまで送ってもらったことは覚えています。二月五日の金曜日でした」

「ほう」

川に架かる橋の手前で信号が赤に変わった。

「仕事が終わって帰ろうとしたら、みぞれが降っていました。傘を忘れて困っている私に、良希さんが声をかけてくれたんです」

「そうそう。あのとき、美桜が車を褒めてくれたんだよな」

憧れのドクターに車で送ってもらうなんて、まるで恋愛ドラマの一場面のよう。経験のないシチュエーションに舞い上がり、私はお喋《しゃべ》りになった。

でも、この車を好きだと言ったのは、お世辞ではない。

「それから、えっと……」

アパートに着いてからも、車の中でなにか話した気がする。思い出そうとしたが、頭の中に霞《かすみ》がかかり、やがて真っ白になった。

「ダメです……なにも、思い出せない」

「美桜」

良希さんが前を見たまま私の手を取り、ぎゅっと握りしめた。

「焦らなくていい。それに、続きは俺がちゃんと教えてやる」

信号が青に変わり、良希さんの手がハンドルに戻る。私はなんとなく窓の外に目をやり、きらきらと光る川面を見つめた。

昨年の二月五日。あのあと、どういった経緯で良希さんと付き合うようになったのだろう。自分のことなのに、恋愛ドラマの続きが気になるような感覚。

今は夫となった彼の隣で、そわそわと落ち着かなかった。

「さあ、着いたぞ。俺たちのスイートホームだ」

車を降りると、そこは世田谷《せたがや》区内にある閑静な住宅街。間口の広い土地に建てられた新築住宅が、私と良希さんの家だという。

ベージュとブラウンを基調とする外観が、ナチュラルな雰囲気を醸していた。

「すごい……素敵なおうちですね」

「セミオーダーだが、信頼できる建築家に依頼して、理想のデザインに仕上げてもらった。レンガ調のアプローチは君のリクエストだよ」

「そうなんですか？」

驚く私に、良希さんがにこりと微笑む。

「二人の理想を形にした、こだわりの住まいってわけ。完成して住み始めたのが先月だから、なにもかもピカピカだぞ」

「……」

憧れの人と結婚した上、こんなに素敵な家で新婚生活とは――やっぱり夢を見ている気がして、おでこを軽く叩《たた》いてみる。

「痛っ」

手が傷口に当たり、ズキッとした。確かに現実だ。

「なにやってるんだ。寒いから、早く中に入ろう」

「は、はい」

玄関を入ると木の香りがした。これは新築の匂いだ。良希さんの言うとおり、廊下も壁もピカピカと輝いている。

「あっ、これって……」

玄関の隅に素焼きの鉢があり、五十センチほどの植物が植えられている。葉が落ちて枝だけの状態だが、すぐに分かった。

「紫陽花《あじさい》ですね」

「そうそう。可南子《かなこ》が新築祝いに持ってきたやつだよ」

「可南子、さん?」

首を傾《かし》げる私に、良希さんが「そうか」とつぶやく。

「家族関係も忘れてるよなあ。うん、やっぱりイチからやり直しってわけだ」

「家族……可南子さんというのは、ご親戚の方ですか?」

「まあそんなとこ。それより、これも覚えてない?」

「きゃっ!」

良希さんがいきなり私を抱き上げた。顔を近づけて、まっすぐに見つめてくる。

「なっ、なにを……」

「新居に引っ越した日、こうやって第一歩を踏み出したんだ」

「ええっ？」

お姫様抱っこで？　と、私は慌てるが、良希さんが嘘《うそ》をついているとは思えず、まっすぐに見つめ返した。彼の黒い瞳に、真面目な私が映っている。

「そのとき、私はどんな反応を？」

過去の出来事を再現すれば、記憶が戻るかもしれないと思った。

「感激のあまり涙ぐみ、そして熱いキスを交わした」

「えええっ？」

良希さんとキス？　そんなハードルの高いイベント、無理すぎる。というより、お姫様抱っこですら想像を絶する行為なのに。

「ほ、本当に？」

良希さんが噴き出し、楽しそうに笑う。

「あの、良希さん……？」

「ジョーダンだよ。君は今と同じようにひたすら照れて、真っ赤になってた」

反射的に頬を押さえた。恥ずかしくて目を逸らすと、彼は仕方ないといった感じで、私をそっと床に下ろす。

「おいで。まずはお茶でも飲んで温まろう」

私の手を取り、引き寄せる。

一つ屋根の下で彼と二人きりになるのを意識して、急に緊張した。


玄関ホールから奥へと進み、正面のドアを開くと、広々としたリビングがあった。

「きれい……北欧風のインテリアですね」

「ああ。デザインに自然の色や光を取り入れ、コーディネートしてる」

南向きの部屋は明るく、窓を開くと常緑樹が風に揺れている。お洒落なタイルとガーデンテーブル。花壇に咲くのは冬の花々だ。

「ビオラにオキザリス、プリムラ……私の好きな花がいっぱい」

「きれいだろ？　君が植えて、きちんと手入れしてるんだよ」

「私が……」

確かに私なら、こんな風に花を育てるだろう。なんだかワクワクしてきた。

「おいで、こっちがキッチンだ」

「わっ、素敵！」

真っ白な壁紙に木材のキャビネット。ライトグリーンのカーテンが爽やかな森を思わせる。タイルの壁に並ぶのは、花模様の鍋やポップカラーのフライパンだ。

リビングもそうだが、ダイニングキッチンも北欧風のデザインである。

「いいだろ？　全部、美桜のセンスだよ」

驚いて良希さんを見上げた。

「もしかして、インテリアも私のリクエストですか？」

「そうだよ。清潔感があって明るくて、俺も気に入ってるんだ」

コーヒーメーカーをセットしながら嬉《うれ》しそうに話す。私はあらためてキッチンを見回し、ドキドキする胸を押さえた。

ずっと片思いだった憧れのドクターが私の夫。それだけでも夢みたいなのに、家づくりまで私の好みを優先するなんて、なんだかもう、奇跡としか言いようのない世界だ。

「どうしたんだ、ぼうっとして。どうせまた『信じられない！』とか思ってるんだろ」

「ええっ？　そんなこと……ありますけど」

なぜばれたのだろう。言いわけもできずに口ごもると、良希さんが蕩けそうな表情でこちらを向く。

「バカだなあ、美桜は。まっ、そこが可愛《かわい》いんだけど」

「はい？」

なんというストレートな発言。私はいたたまれず、良希さんから目を逸らした。

「あの、お手伝いします！　お砂糖とミルクはこのバスケットですね。カップはどこですか？」

「そこの棚にある。スプーンは右の引き出しだよ」

「分かりました」

我ながら滑稽《こっけい》な態度だ。良希さんはクスクス笑うが、からかうことはせず、甘い言葉も止めてくれた。

落ち着こうとしても指先が震えてしまう。カップを落とさないよう、慎重に作業した。可愛いと言われただけで、こんなにも舞い上がってしまう私は本当にバカだ。

「よし、できた。リビングで飲もうか」

「はいっ」

良希さんはケーキも出してくれた。美桜が喜ぶと思って買っておいた——なんて言われて、またしても舞い上がってしまう。

（もしかして私、良希さんに……あ、愛されているのかしら）

もちろん、愛し合っていなければ結婚しない。理屈は分かるけれど、どうしても実感がないのだ。それを判断するための、肝心な記憶が抜け落ちている。

「モンブランだよ。大好きだろ？」

「はい。ありがとうございます！」

冬のやわらかな陽射しがリビングを照らす。ソファに並んで座り、温かいコーヒーを飲むうちに、緊張が少しほぐれてきた。

「さてと、まずはさっきの続き。美桜と俺が付き合い始めたきっかけについて、話をしようか」

良希さんがゆっくりと語ってくれた。去年の二月五日。みぞれの降る寒い夜に、私をアパートまで送り届けた彼は、別れ際にデートに誘ったと言う。

「君のことは憎からず思っていたからね。実は、前々からチャンスを狙《ねら》ってたんだ」

「嘘……」

水元先生と言えば、人気実力ともにナンバーワンの外科医だ。イケメンで、しかも独身の彼を狙う女性は引きも切らず。とにかくモテモテという噂《うわさ》である。

私の言いたいことを察してか、良希さんが困った顔になる。

「俺は周りが思うような恋多き男じゃない。医者になってからは特に、仕事が忙しくて恋愛どころじゃなかったし」

「そ、それは、よく考えると確かに……」

良希さんは腕がいいだけでなく、準備やシミュレーションを徹底的に行う、完璧主義の外科医だ。手術に対する姿勢はまさにプロフェッショナル。私生活を優先するタイプではない。

「……じゃなくて、話を元に戻すぞ」

良希さんはコーヒーを飲み切ると、カップを置いた。

「ちょうどその頃、上野《うえの》の美術館で、花をテーマにした企画展をやっていた。君が花を好きなのは知っていたから、誘ってみたんだ」

私は戸惑いながらもOKしたらしい。

「どうして私が花を好きなことを、ご存じだったんですか？」

「いつも中庭の花壇で、花を見てたじゃないか」

私のことを気にして、ずっと観察してたんだと笑った。

「いつからと訊かれても答えられない。ただ、気がつくと目で追っていた。仕事を一生懸命に頑張る、真面目で可愛い君を」

可愛い——と、また言われて頬が熱くなる。じっと見つめられて、本当に体温が上がりそうで、困惑した。

「アパートに着いてからも、別れるのが惜しくて、いろんな話題を振ったなあ。趣味とか、車の話とか。美桜と二人きりで話すのはほとんど初めてだから嬉しくて、長いこと引き留めてしまった」

「そ、そうなんですね」

私のほうこそ、どれだけ嬉しかっただろう。そのときの自分を羨ましく思った。いつか、はっきりと思い出せるだろうか。

「そのあとは……大体想像がつくよな？」

「はい」

お付き合いが始まり、結婚へと発展した。記憶になくても、素晴らしい日々だったと確信できる。デートのエピソードとか、プロポーズとか、ハネムーンとか、気になることはいろいろあるけれど、焦らなくてもいい。

大切な思い出は、簡単に消えたりしないから。

「私、自分で思い出してみせます。特に……プロポーズの言葉を」

決意を告げると、彼が目尻を下げた。

「さすが美桜。でも、どうしても知りたかったら俺に訊くんだぞ？」

良希さんが二杯目のコーヒーを入れてくれた。身体が熱くなったぶん喉が渇いて、より美味《おい》しく感じられる。

「じゃあ次は、美桜と俺がゴールインした証拠を見せてやろう」

「証拠？」

良希さんがテレビをつけて、リモコンを操作する。DVDのメニュー画面になり、彼はリストから【Wedding ceremony《ウエディングセレモニー》】というタイトルを選択した。

「二人の式を挙げたのは去年の十一月十四日。秋晴れの日曜日だった。会場は都内のホテルで、このDVDには挙式とガーデンパーティーの様子が収録されている」

私はカップをテーブルに置き、映像に集中した。

「こ……これは」

真っ白なウエディングドレス。厳かな雰囲気。ステンドグラスの美しいチャペルでの結婚式は、まるで映画のワンシーンのよう。

再生が始まったとたん、私は夢見心地になった。

「あ、お父さんだ」

オープニングが終わり挙式の場面に移る。父と私が腕を組み、バージンロードを歩いていく。

（ああ……あんなに緊張して。今にも転びそう）

父親は地味なタイプなので、晴れがましい舞台が苦手である。どうなることかと心配したが、無事に祭壇の前に辿《たど》り着き大役を果たした。

花嫁を託されたのは新郎の良希さん。白のタキシードを着こなし、キラキラと輝いている。堂々と胸を張る姿は王子様のよう。

「世界一かっこいい花婿さんだろ？」

「はいっ」

讃美歌斉唱、聖書の朗読、誓いの言葉――親族や友人らが見守る中、式が進行する。

花婿と花嫁が向き合い指輪を交換し、そして……

「ええっ……そんな、ひえっ？」

良希さんが花嫁のヴェールを上げて、誓いのキスをした。ごく自然に受け止め、幸せそうに微笑むのは私だ。

「ひえって、なんだよ」

「だ、だって、キスするなんて」

「当たり前だろ、結婚式なんだから」

良希さんは呆《あき》れながらも少し赤くなる。私の照れが伝染したのだろうか。

胸をときめかせつつ、式の続きを夢中になって見つめた。

「ここまでが結婚式の様子。どうだった？」

次の場面が始まる前に、良希さんが再生を一旦止めて感想を求めてきた。

「不思議な気持ちです。画面の中で、良希さんの隣にいる花嫁は確かに私だけど、私じゃないみたいな、映画を観《み》ているような……」

儀式の一つ一つが深く印象に残る、素敵な結婚式だった。ほうっとため息をつく私の頬を、良希さんがつつく。

「映画に例えるならヒロインは美桜、ヒーローは俺ってこと。理解したか？」

「はい……」

良希さんと私が結婚式を挙げた。それは映画ではなく現実の話なのだ。限りなく夢に近い、現実の出来事。

「感動が蘇《よみがえ》るなあ。美桜の花嫁姿、最高にきれいだったよ」

「あ、ありがとうござ……えっ？」

良希さんが私の肩に腕を回し、ぐいっと抱き寄せる。片方の手で顎を支えられて、顔が近づいてきて――

「あの、待って……ひえっ！」

クッションを良希さんの顔に押し付けた。ぼすっと音がして、彼の動きが止まる。

「ごっ……ごめんなさいっ！」

クッションがポトリと落ちて、不満でいっぱいの顔が現れた。当たり前だ。妻にキスを拒まれたのだから。

「おい、美桜」

「だって、いきなり迫るから。もう少し手かげんしてください！」

良希さんは私の肩から腕を離すとソファに座り直し、真顔になって言った。

「すまない、俺が悪かった。美桜の状態を忘れて、いつもどおり接してしまったんだ。手かげんについては難しい要望だが、努力はする」

「良希さん」

不満はもうどこにも見当たらない。彼は妻の拒絶を許し、謝ってくれた。私のために努力すると言ってくれた。この人はやっぱり水元先生。私がずっと憧れていた、誠実で、思いやりにあふれた男性である。

「それじゃ、続きを見よう。次はホテルの庭園を借りたガーデンパーティーだ。こっちもかなり盛り上がったんだぞ」

「楽しみです！」

良希さんが気持ちを切り替えたのを見て、私も合わせた。本当は、いつもどおり接した――という言葉にドキドキしたのだけど、なんでもないふりをして。


映像をすべて見終わると、良希さんが再び私に感想を求めた。

「すごくいいパーティーでしたね」

「だろ？」

爽やかな秋晴れのもと、両家の親族をはじめ百名の招待客が集まるガーデンパーティーが行われた。会場は色とりどりの花や風船で飾られた広い庭園。食事はビュッフェ形式である。ゲストのスピーチや余興、新郎新婦も交えてのゲームなど、楽しく和やかな雰囲気が画面から伝わってきた。

「でもまさか、楠木《くすのき》教授が余興に参加されるとは思いませんでした」

「そうそう。あれこそ、まさにサプライズだったな」

堅物で有名な外科部長が、研修医と一緒に歌って踊るという衝撃の場面があった。他の先生方の戸惑った様子が可笑《おか》しくて、思わず噴き出してしまった。

「教授のダンスがキレッキレで最高だったなあ。あとでお礼を言ったら、『研修医にそのかされたんだ』なんて、言いわけしてたけど」

「ふふっ、教授らしい照れ隠しですね」

教授だけでなく、同僚たちも歌や芸を披露した。特に同期の結花《ゆか》は歌だけでなく友人代表としてスピーチもしてくれて、とても嬉しい。

真紅のドレスを着こなした彼女は、会場内でひと際目立っていた。

「俺も手術場《しゅじゅつば》では彼女に助けられてる。しっかり者で優秀で、執刀医にとって素晴らしいパートナーだよ」

「私も結花のような親友がいて誇らしいです」

吉村《よしむら》結花は看護専門学校時代からの同級生で、十年来の付き合いである。学校卒業後、二人は有坂大学病院に就職し、私は外科病棟の看護師、結花はオペナースを志願した。オペナースとは、手術室で働く看護師のこと。

結花は現在、良希さんのチームに所属し、メスや鉗子《かんし》など手術道具を執刀医に渡す『器械出し』を主に務めている。

「手術が円滑に行われるための、重要なポジションなんですよね」

「そのとおり。術式の理解は彼女がピカイチなんだ」

手術のない日は、器材の準備やミーティングの他、患者へのオリエンテーションを行うと聞いた。

「患者さんからの評判もいいし、いまや病院になくてはならない存在ですね」

学生時代から優秀な彼女だが、看護師になってからも努力を重ねた成果だろう。

性格は面倒見のいい姉御肌。その上、美人でスタイルが良くて、お洒落のセンスも完璧。仕事のみならず、女性としても尊敬できる自慢の親友なのだ。

「美桜と気が合うんだな」

「相性ぴったりなんです。性格も好みも正反対のタイプだけど」

恋愛に関しても、私は年上男性に惹《ひ》かれるが、結花は可愛い年下君が好きだと言う。

それに、私と違って彼女は積極的だ。

だから、いくら親友でも良希さんへの気持ちを相談できなかった。彼女に言えば必ず告白をすすめられる。そのうち焦れったくなって、モタモタする私の代わりに、彼に伝えてしまうだろう。

なにしろ結花は水元チームの一員であり、良希さんと身近な関係である。チームの飲み会とかで、うっかり漏らす可能性がゼロとは言えない。

そうなったら大変だ。本人はもとより、他のスタッフにまで片思いがばれたら、もうあの病院にいられない。私にとって良希さんは、それほどまでにまぶしく恐れ多い存在なのだから。

「私が良希さんと結婚して、結花、驚いただろうな」

「ああ、かなり驚いてたぞ。パーティーでも、いつの間に口説いたんですか？　とか、美桜を粗末にしたら許しませんよ！　とか、さんざん絡まれた。君のことを妹みたいに思ってるな、あれは」

「ええっ？」

でも結花らしい。親友の元気な笑顔が目に浮かんだ。

「ところで美桜。ガーデンパーティーは大いに盛り上がったが、じーんとくる場面もあった。俺が最も感動した場面はどこでしょう」

「……あっ、もしかして最後の？」

私の反応に良希さんがうなずく。

「そう、美桜がお父さんに手紙を読んだとき。そして、うちの親父だ」

「はい。私も感激しました」

良希さんのお父様が涙ぐむ様子がアップで映っていた。

「なにごとにも厳しい親父だけど、意外と人情家なのは知ってる。でも、人前で涙を見せるなんて初めてだからさ、こっちまで胸が熱くなった」

私が読んだ手紙。それは、母が亡くなったあと、幼い姉弟を一生懸命に育ててくれた父への感謝の手紙だった。

「親父もお袋も、お父さん思いの素晴らしい娘さんだって、褒めてたぞ」

「そ、そんな。もったいないです」

DVDを見る間に、良希さんが家族について教えてくれた。

水元家は医者の家系であり、お父様も高名な外科医だ。現在、『医療法人水元病院』の病院長と理事長を兼務している。

良希さんは長男だが、臨床研究を続けるために、水元家の病院ではなく有坂大学病院に就職した。そのため弟の啓二《けいじ》さんが後継ぎとして家に残ったとのこと。

「親父は家を出た俺が不満みたいだが、美桜を大事にするんだぞって言ってくれた。あと、ようやく俺が家庭を持って安心したらしい。結婚は弟が先だったから」

良希さんと啓二さんは年子の兄弟で、友達のように仲が良いそうだ。

啓二さんは二年前に結婚し、奥さんの可南子さんと一歳になる歩美《あゆみ》君とともに、ご両親と同居している。

「家族関係については、大体把握できたかな?」

「はい。皆さんに仲良くしていただいて、嬉しいです」

私の父と弟は、水元家の家柄を聞いてびっくりしただろう。だけど、良希さんとの結婚を喜んでくれたようだ。心からありがたく思う。

「美桜が怪我をしたことは、両方の実家に報告した。記憶喪失については、いずれ戻るだろうと説明しておいたよ。あまり心配させないようにね」

「ありがとうございます」

ホッとする私を見て、にこりと微笑む。良希さんは私のために、いろいろと気遣ってくれているのだ。家族として——

「私たちは本当に、結婚したんですね」

「そうだよ。美しいチャペルで永遠の愛を誓い合い、指輪を交換して……」

良希さんが、おや？という顔になる。

「そういえば美桜、指輪は？」

「えっ？」

良希さんに指摘されて、左手の薬指に指輪がないことに初めて気が付いた。

「ああ、病院の検査で外したんだな。帰りに渡されなかった？」

「いいえ。私の持ち物は、バッグと折り畳み傘だけでした」

「てことは、ここにあるかもしれない」

良希さんがソファを立ち、チェストの上から白い箱を取ってきて私の手に持たせた。

「これは、指輪のケースですか？」

良希さんがうなずく。そっと蓋を開けると、まばゆい光を放つダイヤモンドが目に飛び込んできた。一粒石のエンゲージリングだ。

「二人でブティックに行ってオーダーしたんだ。きれいだろ？」

「はい、とても」

あまりの美しさに声が震える。だが、感動に浸る間もなく我に返った。

エンゲージリングの隣にスペースが空いている。

「結婚指輪がありません」

「もう一度、確認してみよう」

良希さんが病院に問い合わせてくれた。しかし結果は空振り。私はやはり、指輪などアクセサリーを着けていなかったそうだ。

「どうしよう。失くしちゃったのかな」

「美桜、落ち着け」

良希さんが隣に座り、オロオロする私をなだめた。

彼の左手薬指には、プラチナリングが輝いている。どうして今の今まで気づかなかったのだろう。

「外出中に、なにか理由があって外したのかもしれない。バッグの中は？」

「見てみます」

私はバッグを膝に載せて、一つ一つ中身を取り出した。

「化粧ポーチ、財布、鍵、パスケース……」

内側のファスナーも開き、隅々《すみずみ》までチェックする。財布のポケットまで確かめたが、カードの他はレシートが挟まっているだけ。どうしても見つからなかった。

「そんな……結婚指輪を失くすなんて」

「美桜」

良希さんが私の肩を抱き、左手をそっと握る。温もりと優しさが伝わってきた。

「君は指輪を大切にしていた。失くすわけがないよ」

「でも」

「すぐに見つかるって。思いも寄らないところからぽろっとね。それに、記憶が戻れば済む話なんだから、それまで待てばいいさ」

「あ……」

確かにそのとおりだ。記憶さえ戻ればなにもかも思い出して解決する。

「すみません。落ち着いて考えれば分かることなのに、取り乱してしまいました」

「美桜らしいよ。でもまあ……何度も言うけど、そんなところが可愛くて、俺は好きなんだけど」

「えっ？」

憧れの水元先生と結婚した——という奇跡的な事実を理解できたものの、どうして彼がこんなに蕩けそうな表情をするのか、よく分からない。

好きとか可愛いとか、さらりと口にされるたび動揺する。

「ええと、あっ……そういえば、お腹《なか》がすきましたね！」

甘々な雰囲気に耐えられず、無理やり話題を変えた。不器用な自分が嫌になるが、しょうがない。記憶とともに、恋愛スキルもリセットされてしまったのだ。

「もう昼飯の時間か。よし、今日は俺が、美桜の好きなボンゴレを作ってやろう。材料を買っておいたんだ」

良希さんが空のカップをてきぱきと片付けてキッチンへと運ぶ。私は慌ててソファを立ち、彼を追いかけた。

「私がやります！」

昨日から迷惑をかけっぱなしなのに、ご飯まで作ってもらうなんてとんでもない。

なにより私は、彼の妻なのだ。

「いいから、いいから。こんなときくらい、めいっぱい奉仕させてくれよ」

カップを洗い始める彼を、ぽかんと見上げる。

「奉仕、ですか?」

「普段は仕事が忙しくて、家のことは美桜に任せっぱなしだからな」

良希さんの言わんとすることを、なんとなく理解できた。

外科病棟の看護師だった私は、外科医の忙しさを知っている。彼らは手術だけでなく、回診、外来、検査の立ち会いなど種々の仕事をこなす。

さらには会議、論文作成、大学での講義などでスケジュールが埋まり、学会出席など出張が入れば寝る暇もない。

土日は基本的に休みだが、オンコールで出動といった場合が多々ある。

「でも、私は専業主婦です。良希さんこそ、お休みの日くらいゆっくりしてください」

「うーん、そうじゃなくて」

良希さんは手早く洗い物を済ませると、冷蔵庫から食材を取り出し、鍋に水を入れて火にかけた。

「美桜のためになにかしたいんだ。いつも帰りが遅くて、ゆっくり話も聞いてやれないし、デートもままならない。つまりこれは、罪滅ぼしってこと」

「罪滅ぼしだなんて、そんな。無理して倒れたら大変ですよ」

「倒れる？　美桜は大げさだなあ」

良希さんは笑うが、私は真剣だ。病院での激務を分かっているからこそ、大げさに言うのである。

「俺はちゃんと鍛えてるし、そう簡単に倒れたりしない。患者に迷惑がかかるだろ？」

「え、ええ」

確かに彼は自己管理ができている。倒れる前になんとかする人だけれど。

「それに、俺は料理が嫌いじゃない。好きなことで君に奉仕できるんだから、一石二鳥さ。ほら見てみろ、この手際の良さを」

レタスとハム、トマトで、あっという間にサラダを作り、皿に盛り付ける。

次にフライパンを火にかけてオリーブオイルを温め、ニンニクと赤唐辛子を炒《いた》めたかと思うと、沸騰したお湯に塩を加えてパスタを茹《ゆ》で始めた。

流れるような作業に感心してしまう。

「タイミングばっちりですね」

「だろ？」

あさりを白ワインで蒸して、仕上げにパセリを散らした。明るいキッチンに、イタリア料理の香りが立ちこめる。

できあがったボンゴレ・ビアンコは塩かげんもちょうど良く、私好みの味だった。

「すごい。シェフみたい！」

「それは褒めすぎ。でも、喜んでもらえて嬉しいよ」

テーブルで向き合い微笑みを交わす。この人の明るい笑顔には敵わない。だけど、おんぶに抱っこではいけないと思う。

「良希さん、ありがとうございます。私はあなたと結婚して、幸せな毎日を送っているのですね」

「君だけじゃない、俺も幸せだよ。最高にね」

なんてまぶしい人だろう。幸せすぎて、目がくらみそうだ。

「記憶を失くして、心配させてしまってごめんなさい。甘えさせてくれて嬉しいです。だけど、私もあなたを支えたいんです。その……夫婦なんだから」

私の申し出に良希さんは目をみはり、すぐにうなずいてくれた。

「ありがとう。これからも頼りにしてるよ」

「良希さん……」

看護師になったばかりの頃、仕事を一つ一つやり遂げるたび、あなたは感謝の言葉をくれた。新米の私がどんなに励まされたか、知っていますか？

そして、今も。

「どうした？」

「いえ、なんでもないです。ちょっと、懐かしくなって」

優しい良希さん。早く記憶を取り戻して、あなたの愛情に応えたい。

切実な望みを胸に、大好きな笑顔を見上げた。

◇　◇　◇

良希さんの愛情に応えたい。私は本気でそう望んでいる。

でもそれはやっぱり、記憶を取り戻してから。今の私には絶対に無理だと思い知らされた。夜、寝室で二人きりになった瞬間に。

「ご近所に和食屋さんがあるなんて嬉しいです。おまかせ雑炊セット、すごく美味しかったなあ。滋味豊かな味わいが胃に優しくて、食べるだけで健康になれそう。あのお出汁《だし》は、家ではなかなか再現できませんよね」

「あの店の雑炊セットは、美桜のお気に入りメニューなんだ。そういえば、初めて食べたときも同じ感想だったな」

「そうなんですか？」

夕方、歩いて五分の和食屋さんに出かけた。

良希さんは私の手を取り、ゆっくりと歩いてくれた。この辺りは住宅地だが緑が多く、ほとんどの家がプランターや植木鉢で門の周りを飾っている。

植物が大好きな私は嬉しくなり、時々立ち止まっては花たちを観賞した。

「ところで美桜、どうしてそんなところにいるんだ。身体が冷えるから、早くベッドに入りなよ」

「えっ？」

家に戻ってから私たちはお茶を飲んで、のんびりと過ごした。お風呂を済ませたあと二階の寝室へと移動して、それから私は——間接照明に浮かぶダブルベッドを見た瞬間、固まってしまったのだ。

一方、良希さんはガウンを脱いですぐにベッドに入った。私はどうすればいいのか分からず、迷ったあげくソファに腰かけ、お喋りを始めたのである。

時計を見れば午後十一時。就寝の時間だ。

（どうしよう）

私と良希さんは夫婦。つまり、夫婦生活というものがあるはず。もちろん、それは分かっていた。結婚する前にデートで経験済みかもしれない。

でも、記憶を失くした私にとっては初めてのことで、高すぎるハードルである。憧れの水元先生と私が、そんな――

いや違う。良希さんは絶対に手を出さない。キスを拒んだときに、『手かげんについては難しい要望だが、努力はする』と言ってくれた。

キスすらダメなのに、一緒に寝るなんて無理すぎる。この人ならきっと、私の気持ちを分かってくれるだろう。

「美桜、具合でも悪いのか？」

良希さんがベッドを下りてこちらに近づいてくる。前髪が垂れて、パジャマの襟もとから素肌が覗《のぞ》く。あまりにもセクシーな姿を前に、くらくらしてしまう。

「美桜？」

「すっ、すみません！　別々に寝てもいいですか？」

良希さんがきょとんとする。

「見てのとおり、ベッドは一つしかないぞ」

「私はソファでいいです」

「そんなこと許すわけないだろ」

厳しい声になるが、私は粘った。

「じゃあ客間に行きます。あの部屋ならベッドが二つあるし……」

「ダメだ。君は昨日、頭を打って意識を失った。記憶が飛ぶほどの衝撃を受けてるんだ。眠ってる間に急変したらどうする」

「急変って……大げさですよ」

過保護な良希さんにちょっと呆れるが、彼は大真面目だ。ふうっと息をついてから、私に言って聞かせた。

「あのな、美桜。俺は大人の男だ。愛する女性が隣にいても理性を働かせることができる。襲ったりしないよ」

「ええっ？」

どうやらなにもかもお見通しだったようだ。私は恥ずかしくて頬が熱くなる。

「ごめんなさい。でも、疑ったつもりではなくて……」

「分かってるよ。記憶を失くした君は、俺と付き合う前の美桜だ。お姫様抱っこで真っ赤になるような、純情なコだってことはね」

良希さんは私の手を取り、ぐいと引っ張った。

「ああっ、あの……？」

「襲わないから、せめてハグさせてくれ」

「……」

ぎゅっと抱きしめられた。昨日もこんな風にされてドキドキした。記憶を失くす前の私は平気だったのかしら。

「思い出すなあ」

良希さんが私を見下ろし、そっと頬をつつく。

「美桜は本当に純情で、ハグもキスもなかなか許してくれなくてさ。でも、段階を踏むのが楽しくもあったんだ」

「そ、そうなんですか？」

つまり、大人の余裕だろうか。ますますかっこよく見えてきて、鼓動が激しくなる。

「もう一度、その段階を楽しませてもらうよ」

「本当に、いいんですか？」

「当たり前だろ。俺は君を大切にする。自分のことよりも、ずっと」

良希さんに手を引かれ、ベッドに入った。

二人並んで横になり、至近距離で目を合わせる。

「おやすみ、美桜」

「おやすみなさい、良希さん」

良希さんがサイドランプを消した。やがて聞こえてきたのは穏やかな寝息。私はまだドキドキしてるのに、すぐに眠ってしまえる彼はオトナだ。

（ありがとう、良希さん。私、一日でも早く記憶を取り戻せるように頑張ります）

どう頑張ればいいのか分からないけれど。

幸せと焦りと、少しの不安を胸に、眠りについた。

第二章　愛する妻のために　～良希～

「水元先生！　どうしたんですか、ため息なんかついて」

月曜日の朝。回診の準備をする俺に、元気のいい声が飛んだ。

「ああ、吉村さんか。おはよう」

「おはようございます」

手術室看護師の吉村結花。消化器外科チームの一員だ。

男勝りな性格で、言うべきことははっきり言うタイプ。背が高くてショートカットがよく似合う、きりっとした眉が印象的な美人だ。

美桜とは学生時代からの友人である。仕事熱心なところが共通するためか、同期では一番仲が良かったと聞いている。

「気のせいかなあ。元気がないように見えますけど？」

「う……」

さすがオペ看の若きリーダー。観察眼が鋭い。

「美桜とけんかでもしたんですか？」

「とんでもない。俺と美桜はいつも仲良しだよ」

「あはっ、ご馳走さまです」

吉村さんはたびたびこんな風に、夫婦の関係に探りを入れてくる。

姉御肌の彼女にとって美桜は可愛い妹であり、俺が粗末に扱ってないか疑っているのだ。心外この上ない。

「ところで、先週の金曜日は早退されたそうですね。急用ができたとお聞きしましたが、なにかあったんですか？」

「え？　ああ……うん」

金曜日の夕方、俺は早退した。美桜が怪我をして救急搬送されたと、総合病院から連絡があったからだ。そのことについては上役と師長にのみ報告してある。チームのみんなには今日のミーティングで話すつもりだった。

しかし、吉村さんには先に伝えてもいいだろう。

「ええっ、美桜が？　記憶が飛んだって……な、なんでそんなことに！」

手術場では常に冷静な吉村が、激しく取り乱した。無理もない。可愛い妹の非常事態である。

「記憶以外はしっかりしてるし、体調も悪くない。ただ、心理的な落ち込みが心配でね。吉村さんが力づけてくれると、ありがたいんだけど」

「承知しました。近いうちに必ずお見舞いに行きます！」

「ぜひそうしてくれ。よろしく」

頼もしい協力者を得てホッとする。吉村さんの友情に感謝しながら、患者の待つ病棟へと急いだ。


食堂で昼飯を食べたあと、俺は医局に戻らず中庭が見渡せるロビーの椅子に座った。

ガラス張りのスペースはぽかぽかと暖かい。いい天気だ。

美桜は看護師だった頃、よく中庭の花壇を眺めていた。俺はそんな彼女をいつの頃からか意識し、恋に落ちたのだ。

「それにしても、元気がないように見えたのか。俺としたことが」

ため息まじりに、思わず独りごちる。

吉村さんにも言ったとおり、美桜は元気だ。記憶喪失以外は問題なく、よく食べよく笑い、そしてよく眠っている。

「分かってるよ。美桜は普通の状態じゃない。寝たふりをして彼女を安心させるのは俺の愛情だ。だけど、苦しい……」

「先生、大丈夫かね」

ぽんぽんと肩を叩かれ、椅子から跳び上がる。振り向くと、外科病棟に入院中の患者さんが心配そうに見上げてきた。

「もしや恋の悩みかな？　わしでよければ相談に乗るが」

「ちっ、違いますよ。田中《たなか》さん、今日は午後から検査でしたね。私も立ち会いますから頑張りましょう」

「ふふん、ごまかしてもお見通しじゃ。モテる男は大変だねえ」

「……」

なにか勘違いされたようだ。どうも俺は患者さんたちに、恋多き男と思われている。

俺が惚《ほ》れているのは妻だけなのに。

田中さんが立ち去るのを見送り、もう一度椅子に腰掛けて考え始める。

美桜は夫婦になってからも恥ずかしがり屋だったが、それなりに俺の誘いに応えてくれたし、望みを受け入れてくれた。

だが、今の彼女は俺と付き合う前の初心な女に戻っている。男女の関係をイチからやり直しってことだ。

初心な美桜は可愛いし、それはそれで楽しいと思う。

だけど、すぐ近くに彼女がいるのに手を出せないという禁欲的生活が続くのは苦しい。拷問と言ってもいい。俺は大人の男だ——などと余裕ぶったが、ほとんど嘘。美桜を前にすると、発情期の犬みたいに興奮してしまう。

「いかん、いかん。落ち着け、俺」

女性経験はそれなりにある。だが、これほどまでに熱く夢中になった女性は美桜が初めてであり、コントロールが難しい。

だが自重しなければまずい。無理強いして嫌われるなんて最悪だ。とにかく俺は、妻が好きで好きで、どうしようもないのだ。

「なんてったって、可愛いんだよなあ。久しぶりのデートも楽しかった」

昨日、美桜を連れてドライブデートに出かけた。身体の負担にならないよう近場を回っただけだが、彼女は喜んでくれた。海辺のレストランで食事したり、道の駅で買い物したり。あと、スマートフォンのアルバムを見せたらすごく喜んでたっけ。二人が付き合い始めてからこれまでの記録を、嬉しそうに眺めていた。

まるで、初めてデートした日の美桜みたいに頬を染めて。

そう、今の彼女にとって俺との生活は初めてづくしなのだ。少し手が触れ合うだけで真っ赤になる彼女が愛《いと》しい。

だが、それ以上進めないのが、もどかしくてしょうがない。

どうすればいいんだ。同じベッドで寝ようなんて無謀だったかな——と、身悶《みもだ》えしたところに携帯が鳴った。俺は気を引きしめ、すぐに応答する。

「どうした」

『水元先生、五〇一号室の足立《あだち》さんが腹痛を訴えています』

悶々《もんもん》としている場合じゃない。仕事モードに頭を切り替え、ロビーをあとにした。

今日はオペ数が少ない上に急患も入らず、スムーズに業務を終えることができた。こんなに余裕のある日は珍しい。よし、美桜のために早く帰ろう。

帰り支度を整えて医局を出ると、声をかけられた。

「水元先生、お疲れ様です」

節電対策でライトを落とした廊下は薄暗い。挨拶しながら近づいてきたのは、吉村結花だった。

「お疲れさん。君も帰るところか」

「はい」

にこりと微笑み、俺と並んで廊下を歩きだす。

「五〇一号室の患者さん、腹痛が治まって良かったですね」

「ああ、足立さんか。消化物が吻合部に詰まって腹痛が起きたんだ。今回はイレウス疑いで済んだが、しばらく要注意だな」

エレベーターの前まで行くと、ちょうど扉が開いて男性医師二人が降りてきた。入れ違いに乗り込むとき、彼らが吉村をチラ見するのが分かった。

美人でお洒落な彼女は男どもの目を引く。鮮やかなブルーのコートを着こなしまっすぐに歩く姿は、さながらファッションモデルだ。

しかし彼女は男の視線など気にも留めず、さっさとボタンを押して扉を閉めてしまう。クールなところは美桜と正反対だが、だからこそ気が合うのだろう
「足立さんが隠れておやつを食べてたってホントですか？　まったく、ナースがきちんと指導してくれないと、せっかく手術が上手くいっても台無しです。その点、美桜は患者さんとのコミュニケーションが丁寧だから、ミスがなかったわ」

誇らしげな言い方に、思わず微笑んだ。

「自慢の妹だな」

「冗談じゃなく、あの子の仕事はちゃんとしてました。誰よりも信頼できるナースだった。それなのに、誰かさんがやめさせちゃうんだもの」

「おいおい、何度も言ってるだろ」

美桜の仕事については、結婚前によく話し合って決めたことだ。彼女は忙しい俺をサポートするために家庭に入ってくれた。その決意は、いいかげんなものじゃない。

「分かってますよ。でも、有能な仕事仲間でもある親友を取られちゃって、悔しいんです！」

女の友情ってやつか。美桜の夫としてありがたいような、困るような。別に奪ったつもりはないのだが。

エレベーターを降りて薄暗いロビーへと歩きだす。夜の病院は独特の静けさがある。

「ところで、医局の前にいたってことは、俺を待ってたのか」

美桜のことで聞きたいことでもあるのだろう。

「そうそう。さっき美桜のスマホに電話したけど、なぜか出てくれなくて。体調が悪いのかなって、心配になったんです」

「ああ、すまん。忘れてた」

美桜から預かったスマートフォンを鞄《かばん》から取り出し、吉村に見せる。ロックが解けないので契約者の俺がショップに持参し、解除してもらうつもりだと説明した。

「そうだったんですか。ていうか、それってたぶん、ショップでもダメですよ。暗証番号を忘れた場合、初期化するしかないはずです」

「うーん、やっぱりな。でも美桜が、『データが消えたらどうしよう』ってオロオロするから、ダメ元で持ち込もうとしたんだ。ただでさえ記憶喪失なのに、スマホのデータまで消えたらかわいそうだろ？」

同意を求める俺に、吉村さんが目をぱちくりとさせる。

「まったくもう……先生って本当に、親バカならぬ夫バカですね！」

「夫バカ？」

ひどい言い草だと思うが、実際そうなので大人しく認めた。俺にとって美桜は、目に入れても痛くない存在なのだ。

「データなんて、初期化の前にバックアップしておけば、ちゃんと復元できますって。パソコンを使えば簡単だし、なんならスマホ単体でもオッケーです。落ち着いて作業すれば、どうってことありませんよ」

ビシッとアドバイスをくれる。遠慮のない物言いは活を入れるためだ。

「分かったよ。慎重になりすぎだったな」

「そーゆーことです。先生ともあろうお方が、美桜のこととなると冷静ではいられないんですね」

「いや、俺は別に、そういうわけじゃ……」

「はいはい、ごちそうさまです」

部下にからかわれて立つ瀬がないが、しょうがない。美桜に関しては吉村さんのほうが付き合いが長いし、身内のようなものだから。

「まっ、いいですけど。ていうか、先生がどっしり構えてくださいよ。美桜の記憶喪失だって、なんとかなりますって」

返す言葉もないが、確かにそのとおり。吉村さんは常にポジティブだ。手術場でも前向きな姿勢にチームが助けられている。

「美桜から連絡するように言っておくよ」

「よろしくお願いします。あっ、これから私、入江《いりえ》君と約束があるんで、ここで失礼しますね」

病院の正門を出たところで、吉村さんがぺこりと頭を下げた。

「入江君って、研修医の入江恵《めぐみ》？　えっ、約束ってまさか……」

「野暮なこと訊かないでくださいよ！」

コートをひるがえし、夜の街へと駆けていく。スキップするような足取りを見て、ぴんときた。あいつら、いつの間に——

なるほど、吉村さんの好みは年下の弟タイプか。ってことは、美桜とは男の趣味も正反対である。美桜の理想は、俺のような年上男性だから。

吉村さんを見送ったあと、俺は一人にやつきながら駅の方向へと進んだ。

駅の手前まで来たとき、コートのポケットでスマートフォンが震えた。美桜かと思って通知を確かめ、軽く落胆する。

「なんだ可南子か。ハイハイ、また腹でも壊したのかな」

ぶしつけな挨拶だが、彼女はケラケラと笑う。音量を気にしながら道の端に寄った。

『違うよお。美桜ちゃんのことでお義兄《にい》さんが落ち込んでるんじゃないかって、心配してかけたの！』

「それはどうも」

水元可南子。弟の妻で、俺の義妹である。遠慮のないやり取りはいつものことだ。あっけらかんとした性格のため、実の妹のように接している。

「昨日も説明したけど、美桜は経過観察中だ。記憶を失くした以外は問題なく、食欲もあるし睡眠もとれてる」

俺のほうが寝不足になりそうとは言えない。たとえ義妹でも。

『ふうん、あんがい普通なんだあ。ドラマチックな展開があるかと期待したんだけど、ちょっとザンネン』

「あのなあ」

悪気がないのは承知だが、さすがに呆れてしまう。

「不謹慎だぞ」

『ごめんなさーい。でも真面目な話、美桜ちゃんのことをお義父《とう》さんたちが心配してるんだ。それでね、一家全員で押しかけるのもなんだし、まずは私がお見舞いに行こうかなあと思って』

「なるほど、それが用件か」

家族が心配してくれるのは素直に嬉しい。

美桜は以前、可南子を良い人だと褒めていた。記憶喪失なので初対面からやり直しだが、可南子が見舞いに来たら喜ぶかもしれない。

『と言うわけで、今から行ってもいい?』

「今から?」

思わず声が高くなり、通行人の注目を集めた。

「いいわけないだろ。美桜の都合を聞いて、こっちから電話するよ。いいか、いきなり来るんじゃないぞ」

可南子は確かに『良い人』なんだが、誰に対しても遠慮がなさすぎる。コミュ力の高さと背中合わせの欠点と言えよう。

『了解、了解。それでは、ご連絡をお待ちしておりまあーす！』

通話が切れた。相変わらず調子のいいやつだ。

可南子は私立病院のリハビリテーション科に勤務する理学療法士だった。上司が水元病院の理事と懇意であり、それが縁で啓二と見合いしたのだ。

父親は医療機器メーカーの役員。三姉妹の末っ子で、本人曰く、家族全員に甘やかされて育ったとか。多趣味な上にコミュ力が高く、男女問わず友人がたくさんいる。

反対に啓二は地味な性格で、仕事が趣味というタイプだ。意外な組み合わせだが、結婚して三年。子どもも生まれて、夫婦仲良く暮らしているようだ。啓二が無口だから、お喋りな可南子が合うのかもしれない。

スマホをポケットに仕舞い、歩きだす。交差点を渡りきったところで、駅ビルのデジタル広告が目に入った。モデルの女性がチョコレートを手に微笑んでいる。

「もうすぐバレンタインか」

去年は美桜と付き合い始めたばかりだったが、彼女はチョコレートを用意してくれた。しかも手作りだったので、大いに感激したものだ。

今年は無理を言うまい。だがどこかで期待している。いつどんなときでも、美桜の愛情を感じたいのだ。

しかしそんな俺だからこそ、スキンシップを控えるのは、つらいものがあった。男としての修行が足りないのか。いやいや、この情熱は彼女への愛情の証だ。それだけ惚《ほ》れてるってこと。

ポジティブになれと自分に言い聞かせ、愛する妻のもとへと急いだ。

第三章　怖い夢　～美桜～

記憶を失ってから四日目。

今日は良希さんが出勤したので、日中は一人で過ごした。外出するのは不安だし、良希さんにも、なるべく家にいるよう言われている。

そんな私にとっての最優先事項は、早く記憶を取り戻すこと。

焦っても仕方がないと分かっている。でも、一人でなにもせずにいるとソワソワしてしまう。外科医として多忙な彼に迷惑をかけたくないのだ。

家の中をウロウロして、ヒントになるものを探した。

でも、やっぱり上手くいかなかった。今着ている洋服ですら、いつ買ったのか分からないのだから。無理に思い出そうとすると頭が痛くなり、気分が落ち込むばかり。

やはり、焦っても仕方がない。怪我が軽かっただけでも幸いと思おう。傷口は痕が残らないていどだし、腫れも引いた。元気を出さなくてはと思い、顔を上げる。

「わっ、夕ご飯を作らなくちゃ！」

窓を見ると、いつの間にか暗くなっていた。緊急手術が入らなければ早めに帰宅できると良希さんが言った。日々忙しい彼のために、せめて家事を頑張らねば。

ぐいと腕まくりをして、キッチンに立った。


「おっ、美味《うま》そうだなあ」

仕事から帰った良希さんが、夕飯のテーブルに着くなり顔をほころばせた。

「食材を買っておいてくれたので助かりました」

今夜のメニューは白身魚のフライとジャーマンポテトと、海老のサラダである。

「明日は、自分で買い物しますね」

良希さんが準備してくれた食材で夕飯を作るうちに、気が付いた。

外出を怖がっていては家事が滞る。早く記憶を取り戻したいけれど、まずは日常生活をスムーズに送ることが大切なのだ。

「そうか。でも無理するなよ。体調が悪ければ惣菜でもいいんだからな」

「はい。ありがとう、良希さん」

私も椅子に座り、食事を始めた。

「うん、美味い！　どれもこれも最高に美味いよ」

「あ、ありがとうございます」

私の手料理を良希さんが食べている。その光景を目の当たりにして、急に夫婦である実感が湧いてきた。嬉しいような恥ずかしいような、落ち着かない気分。

いつものように作った料理が、いつもよりずっと美味しく感じられる。好きな人と食卓を囲むのは、こんなにも幸せなのだと初めて知った。

「そんなわけで、吉村さんに連絡してやってくれ」

「分かりました」

夕食後、リビングでくつろぎながら、良希さんの話を聞いた。私はココアのカップをテーブルに置き、彼からスマートフォンを受け取る。

「IDは分かる？」

「はい、書類にメモがしてありました。まずはバックアップして、初期化したあとにデータを復元します。ごめんなさい、お手数をおかけしました」

「どういたしまして。しかし、いきなり元気になったな」

「えっ？」

良希さんがムッとした顔になる。

「吉村さんの話をしたとたん、ニコニコしちゃって」

「そ、そうでしたか？」

「よほど彼女を好きと見える。妬《や》けるよなあ」

ムッとしたのはわざとだと分かり、思わず微笑んでしまった。

「結花は親友ですから。誰に会うより嬉しいんです」

「へえ。俺よりも？」

「それは……良希さんは別ですよ」

「俺は特別ってこと？」

「はい、もちろん」

良希さんがにんまりとする。あまりにも素直な反応に、こちらが照れてしまう。

「と、とにかくスマホを使えるようにして、結花に電話してみますね」

「うん。ああでも、吉村さんが待ってるだろうから、家電《いえでん》を使ったほうがいい」

「あっ、なるほど」

スマホじゃなくても電話ができる。固定電話の存在を初めて思い出した。

「なんなら、俺のスマホを貸すけど」

「いえ、そんな。家電を使いますので」

たぶん結花とは長電話になる。スマホを借りるのは遠慮しておいた。

「見舞いと言えば、もう一人、家に来たいってやつがいるんだ」

良希さんがスマホを操作して、画面をこちらに見せた。

長い黒髪を二つに結んだ、若い女性が映っている。色が白くて目がぱっちりとして、アイドルのように可愛い。一瞬ドキッとしたが、隣にいる男性と彼女が膝に抱く小さな男の子を見て、誰なのか分かった。

「可南子さん？」

「そう、弟の嫁さん」

結婚式のビデオでは髪をアップにして黒のドレスを着ていた。あの大人びた彼女と、ずいぶんイメージが違う。

「美桜と二つ違いの二十六歳。開けっぴろげで馴《な》れ馴《な》れしいやつだが、君とは相性がいいみたいだぞ。まあ、あいつは誰にでもフレンドリーだけど」

「明るい人なんですね」

「可南子は末っ子で、しかも姉二人と年が離れている。何不自由のない環境の中、家族みんなに愛されて育ったお姫様ってところだ。おしとやかには程遠いけどね」

良希さんが楽しそうに笑う。可南子さんは快活で、フレンドリーな女性なのだ。

弟の啓二さんは生真面目なタイプと聞いている。意外な組み合わせに思えるが、夫婦とはそういうものかもしれない。良希さんと私だって、誰が見ても意外な組み合わせだろう。

「吉村さんとの予定を優先してくれ。可南子には、美桜の都合のいい日に来るよう俺から連絡しておく」

「分かりました。ではまず、結花に連絡してみますね」

「ああ、よろしくな」

水元可南子さん。私との相性は良さそうだと良希さんが言ってくれた。

そういえば、玄関にある紫陽花は彼女の贈り物だ。もしかしたら、花が好きな私のために選んでくれたのかしら。

「可南子さんに会えるのが楽しみです」

「そうか。あいつも喜ぶよ」

知っているはずなのに、初めて会う人。だからなのか、ちょっと緊張してしまう。楽しみなのは本当だけど。

私が可南子さんに抱いたのは、不思議な感情だった。

今夜、良希さんは先に眠った。明日は長時間のオペがあるので、体力を蓄えるためだと言う。眠る前にベッドでお喋りしたかったので少し残念だけど、我慢する。オペは体力勝負。私の相手をするより、睡眠時間を確保してほしい。外科医の妻として、彼の仕事を応援するのだ。

良希さんはリビングを出る前、ハグしてくれた。逞《たくま》しい腕に抱かれてドキドキするけれど、それ以上に癒やされる。記憶を失った不安もサーッと消えてしまう。

おやすみ美桜——と、甘く囁く低い声。優しい笑顔に大人の余裕が感じられた。

私は良希さんが大好き。あらためて自覚し、一人で照れ笑いしながら固定電話の子機を取った。そろそろ結花に電話してみよう。

ソファに座って時計を見ると、午後十時を回っている。

良希さんによると、結花は年下の男性と交際中らしく、今夜はデートだとか。

お相手の名前は入江恵さん。昨年の春に勤め始めたばかりの研修医で、年齢は二十五歳。結婚パーティーで楠木教授とともにダンスを披露してくれた彼である。

私も面識があるはずなのに、記憶喪失のせいで、どんな人だったのか思い出せない。

良希さんによると、とにかく素直で、なにごとも全力投球の好青年とのこと。

外科志望だというし、仕事熱心な人なら結花と気が合うだろう。お洒落男子といった見た目も彼女のタイプである。

結花はモテるけれど、就職して以来、恋愛よりも仕事一筋だった。恋人ができたと聞いて、なんだか私までウキウキする。

電話番号を押して子機を耳に当てると、すぐに明るい声が聞こえてきた。

『こんばんは、美桜！』

「わっ、早い……ていうか、どうして私だって分かったの？」

『水元家の番号だもん。あんたに決まってるでしょ、お・く・さ・ま』

「あ、あのねえ」

楽しそうな笑い声に釣られて、思わず微笑んだ。結花はいつも前向きで明るい。私の状態を知っているからこそ、元気な口調で励ましてくれるのだ。

学生時代も、就職してからも、ずっとそばにいる親友。彼女の存在を、心の底からありがたく感じる。

良希さんとはまた違う、女友達ならではの頼もしさだと思った。

『それにしても災難だったね。美桜が記憶喪失だなんて、びっくりだよ』

「私もびっくりしてる……本当に」

目が覚めたら一年後の世界だったこと。それ以上に、良希さんと結婚したという夢のような状況が信じられなくて。

なんでも話せる友達に、素直な気持ちを打ち明ける。彼女は黙って聞いてくれた。否定も肯定もせず、ただ寄り添ってくれる思いやりが嬉しい。

『なるほど、いろいろ分かったよ。あんたのことだから混乱しまくったんだろうけど、今は落ち着いてるのね』

「うん。良希さんも、いずれ記憶が戻るはずだから焦らなくていいって。彼に心配かけないよう、今の生活にだんだん慣れていきたい」

『そっか。にしても、階段から落っこちるなんて美桜らしいと言うか……三日月市の清流公園って、お気に入りの場所じゃない？』

「うん。川沿いにある、ちょっとした森みたいな公園。すごく敷地が広くて、季節の花がたくさん咲いてるんだ。そういえば看護学生の頃、一緒に散歩したよね」

『そうだっけ？　うーん、ごめん。覚えてないや』

「ああ、全然。昔のことだもん」

私は歩くのが好きで、よく一人であちこちの公園に出かける。結花はぶらぶら歩くのは退屈だからと、誘っても乗ってこなかった。

だけどあのときは、付き合ってくれたのだ。

『でもさ、こうして話してると全然違和感ないし、いつもどおりの美桜で安心した。

記憶が戻らなくても心配することないよ』

「えっ？」

『水元先生にとって、美桜は大事な奥さん。元気でいてくれたら、それでじゅうぶんじゃん。無理に思い出そうとせず、これからのことを考えたほうがいいって』

「それは、そうだけど……」

結花らしいアドバイスだ。前向きになりなさいと、励ましてくれるのだろう。だけど、私はうんと言えなかった。

「やっぱり思い出したい。結花にも言えなかったけど、私はずっと水元先生が好きで、憧れてたの。そんな彼との大切な日々を忘れたままなんて、悔しいもの」

二人だけの大切な記憶。それはきっと、私の宝物だ。

『ご、ごめん、美桜。そうだよね……無神経なこと言って、悪かったわ』

結花に謝られて、私は慌てた。深刻にならないよう、ポジティブに考えてくれたのだと分かっている。

「ううん、結花は間違ってない。今のままでも幸せなのに、どうしてもこだわってしまうの。これは私のわがままだから、気にしないで」

『わがままじゃないよ。好きな人との思い出を大切にするのは当然だもん。私にできることがあれば協力するから、いつでも相談してよね』

「あ、ありがとう」

結花の優しさにジンとする。いつだって彼女は、私の味方でいてくれるのだ。まるで、本当の姉のように。

感激して涙が出るなんて、ちょっと恥ずかしい。目尻を拭《ぬぐ》いつつ話題を変えた。

「ねえねえ、結花。良希さんが言ってたんだけど、研修医の入江さんとお付き合いしてるんだって？」

『ええっ、もう伝わってるの？　水元先生ってば、お喋りだなあ』

クールな結花が照れている。どうやらこれは本物だ。

「去年の春に出会ったばかりだよね。いつから？　きっかけはなんだったの？」

『待って、待って、順番に話すから』

外科志望の入江さんは他科を回りながらも、オペ看の結花に積極的に質問してきたそうだ。仕事熱心な彼と向き合ううちに、なんとなくお付き合いするようになったと、結花は照れながらも話してくれた。

『公私混同みたいで、ばつが悪いんだけどね』

「そんなことないよ。仕事がきっかけなのは結花らしくて、すごくいいご縁だと思う」

『あら、そうかしら』

まんざらでもなさそうな結花が可愛くて、ほっこりする。恋の話をするのは久しぶりなので、時間を忘れそうなほど楽しい。

（でも、長電話しちゃダメだよね。明日もオペがあるはず）

結花が水元チームの一員であることを思い出した。まだまだ話したいけれど、今度会うときにしよう。

『じゃあ、今度の日曜日にお見舞いに行くよ』

「ありがとう、楽しみにしてるね。あっ、家の場所は分かる？」

『大丈夫。マップのルート案内があるし』

「そっか。気を付けて来てね」

『オッケー。おやすみ、美桜』

「おやすみ、結花」

二人同時に電話を切る。出会った頃からずっと変わらない、この呼吸が嬉しい。ウキウキ気分で階段を上がり、寝室のドアをそっと開いた。

明かりが消えている。良希さんは眠っているようだ。起こさないよう静かにベッドに入り、そっと身を寄せた。

（大好きな旦那様と、大好きな親友がいる。記憶を失っても、私は幸せ……）

それでも、良希さんとの思い出を取り戻したい。

夢で見られたらいいのに——願いをかけながら目を閉じた。

◇◇◇

「美桜、どうしたんだ。美桜！」

「あ……良希さん？」

目を覚ますと良希さんが私を腕に抱え、心配そうに覗き込んでいた。

「うなされてたぞ。怖い夢でも見たのか」

「夢……あ、夢だったんだ。良かった」

カーテン越しに朝の気配があった。私はホッとして彼にうなずき、ゆっくりと起き上がる。

「美桜？」

背中を支えてくれた良希さんが異変に気づく。私は全力疾走したみたいに汗をかき、脈が速くなっていた。

「ごめんなさい。私、あまりにも怖くて……」

「大丈夫だ。落ち着いて」

ぎゅっと抱きしめられた。逞しい腕に包まれ、言葉にできないほどの安堵感《あんどかん》を覚える。嘘のように恐怖が薄らいでいく。

「そんなに怖かったのか？」

「うん」

子どもみたいな返事。でも良希さんは笑わず、話を聞いてくれた。

「真っ暗な場所に私は独りぼっちで、すごく寒かった。出口を探してウロウロしてたら、後ろから足音が聞こえて、女の人が追いかけてきたの」

思い出すだけで身体が震える。夢とは思えないリアルな迫力だった。

「長い髪をなびかせた、黒ずくめの女性。私は逃げようとするけど、足がもつれて……捕まってしまって」

恐ろしい魔女のようなその女が、私の耳もとで囁いた。恨《うら》めしげな低い声で。

「絶対に許さない——って」

そこで目が覚めた。良希さんが名前を呼び、起こしてくれたのだ。

「怖かったな」

良希さんが私を見つめ、優しく髪を撫でてくれた。

ただの夢なのに本気で怖がるなんておかしい。それなのに、黙って寄り添ってくれる思いやりが嬉しくて、泣きそうになる。

「やっぱり、不安定になってるんです。頭を打ってるし、現実と夢がごっちゃになって、怖さを感じるのかも」

泣いたりしたら恥ずかしいし、余計に心配させる。私は良希さんの腕をそっとほどき、笑顔を作った。

「今日、北野先生に相談してみます。ちょうど予約が入ってるし」

「俺も一緒に行く。一人にさせるのは心配だ」

「ええっ？」

真剣な表情を見て、私はぶんぶんと手を振る。いくらなんでも過保護すぎる。

「大丈夫ですよ。診察するだけだし、体調は悪くないし。それに、仕事を休んじゃダメですよ。オペはどうするんですか？」

「なんとかする」

「ダメです。お仕事を優先してください」

きっぱりと断る私に、良希さんは苦笑した。

「看護師の顔になってる」

「そ、そうですか？」

「ああ、それでこそ俺の美桜。分かったよ」

良希さんは納得してくれた。ただし、条件付きで。

「今日は寒いから、暖かくして出かけること。電車ではなくタクシーを使うこと。それから、疲れたらじゅうぶん休息をとるように。家事はやらなくていいからな」

「はい、分かりました」

素直に受け入れると、嬉しそうに微笑む。さっきとは別の意味で脈が速くなり、身体が火照ってしまう。

「美桜」

「は、はいっ」

ときめきを見透かされたと思い、焦った。よく考えるとここはベッドの上。近づいてくる彼の顔から目を逸らせず、身を引き気味にする。

「顔は赤いが、熱はないみたいだな」

「……」

おでこがピタリとくっついた。熱を測ろうとしただけだと分かり、私は恥ずかしくて、ますます火照ってくる。

「ん、どうした？」

「いえっ、なんでもありません。バイタル異常なしです！」

良希さんがクスクス笑う。大人の余裕を前に、私はぎこちなく笑みを返すだけでなにも言えなくなる。一体、なにを期待したのやら。

「朝飯は俺が用意するから、ゆっくり着替えておいで」

「あ、ありがとうございます」

良希さんが寝室を出ると、両手で顔を覆った。これではまるで大人と子どもである。

「もっと大人にならなくちゃ。怖い夢を見て怯えてるようじゃ……」

それにしても、どうしてあんな夢を見たのだろう。

黒ずくめの女を思い出し、ぶるっと震えた。ホラー映画や心霊特集の影響で怖い夢を見ることがあるが、それとは比べものにならない。妙にリアルで、身に危険を感じる怖さだった。

たまたま見ただけならいいけど、頭を打ったのが原因なら対処が必要だ。北野先生に相談して、なんとかしてもらおう。あんな恐ろしい夢、もう二度と見たくないから。

その日の午前中、私は病院へ行くためにタクシーを呼んだ。

「今日は冷えますねえ。お客さん、暖房の温度上げましょうか」

「いえ、大丈夫です」

良希さんと約束したとおり暖かい格好をしている。運転手さんに行き先を告げてから、手袋を外してスマートフォンを操作した。

今朝、四桁のコードが分からずロックが解けなかったスマホを初期化した。再設定してデータを復元したが、出かける準備で忙しかったので、まだちゃんと確認していない。バックアップが取れているだろうか。

「さてと……」

新しいパスコードを入力してロックを解き、ホーム画面に集中する。

壁紙はいつも使っている花のイラストだし、アプリの配置も一年前とほとんど変わらない。慣れた画面は操作しやすいし、機種変してなくて本当に良かったと思う。

まずはメッセージアプリを開いて会話をチェックした。一年分のやり取りを読み返せば、いろんなことが分かるだろう。

「あれっ？」

しかしいざ開けてみると、仕事をやめて人付き合いが減ったためか、思いのほかメッセージ数が少ない。新規の連絡先も数えるほどだ。

当然の結果ではあるが、ちょっぴり寂しくなる。

「このアカウントは覚えがないけど、誰だろ。Ｋａｎａｋｏ……あっ」

良希さんの義妹、水元可南子さんだ。去年の六月に最初のメッセージを受け取っている。

《初顔合わせ緊張したでしょー　美桜ちゃんが優しい人で良かったあ　秋の結婚式が楽しみ　ヨメ同士仲良くしようねっ》

初めて会った日に連絡先を交換したらしい。カラフルなスタンプを連打して、口調もハイテンション。良希さんから聞いたとおり、陽気な女性である。

ひととおり履歴を確認すると、メッセージ数が一番多いのは、やはり結花だった。

でも、最近のメッセージは数えるほど。というか、私が結婚してからは、月に一度あるかないかだ。それも、短いやり取りばかり。

だけど仕方ない。今は一年後の世界であり、状況が変わっている。結花も責任ある立場になって忙しいのだろう。

過去にさかのぼって会話を読み返してみる。全部忘れているので、なんでもないやり取りでも新鮮に感じられた。

「あ……結花ったら」

《ご婚約おめでとうございます　もう、いつから水元先生と付き合ってたの？　私という者がありながら！　なんてね、幸せになるんだよ～》

たぶんこの日、良希さんとの婚約を職場に報告したのだ。ぷんぷんと怒るスタンプが踊っている。

婚約するまで誰にも話さず付き合っていたと良希さんが言った。親友の結花にまで内緒にするとは、我ながらびっくりである。

だけど、結花は本気で怒ったのではない。それ以降も変わらぬ調子でやり取りしている。ただ、仕事の話題がぐんと減っていた。

負けず嫌いな結花も、私にだけは仕事の愚痴を漏らしたり弱音を吐くことがあった。それなのに、悩みや愚痴が一切なくなっている。

「良希さんと結婚する私に、仕事の愚痴は言いにくいよね。それに、あの子のことだから遠慮してるのかも」

ちょっぴり寂しいけれど仕方ない。友達の気遣いをありがたく受け取ろう。

感傷的な気分になるが、頭を切り替えて今度は地図アプリを開いた。今はまず、やるべきことをやらねば。

記憶を失った日の行動履歴を見るため、当日の移動ルートを追う。

二月四日の金曜日——午後三時に自宅を出発。徒歩で駅に向かい、駅前のデパートに立ち寄ったあと三日月市に移動している。

(デパートか。買い物でもしたのかな?)

清流公園に着いたのは午後四時過ぎ。十五分ほど滞在したあと公園を出て、堤防道路に上がろうとして……

「ここで転落したのね」

徒歩の記録が終わり、その地点から総合病院へと車で移動している。

北野先生の推測どおり、私は堤防の階段で足を滑らせて落っこちたのだ。その日は雪が降って地面が濡れていたから。

情けない。そもそも、どうして雪が降るような寒い日に公園になんて行ったのだろう。しかもデパートで買い物したあと、荷物を持ったまま。

雪が珍しいから、急に散歩したくなったとか?

思わず頭を抱える。私ならじゅうぶんあり得る話だ。そんなことのために大切な記憶を失くし、良希さんに迷惑をかけるなんて。

地図アプリを閉じて、小さく息をつく。起きてしまったことは仕方ない。失った記憶は一つ一つ思い出していこう。良希さんも焦らなくていいと言ってくれた。

気を取り直して写真のアイコンをタップする。

ドライブデートした日に、良希さんがスマホのアルバムを見せてくれた。二人の写真がたくさん保存してあったが、私のアルバム容量はその倍以上だと言われて、見るのを楽しみにしていた。実は、行動履歴よりも気になるデータなのだ。

「わあ……」

サムネイルが表示されたとたん、感激の声が漏れた。

良希さんと私が二人で過ごした時間。幸せいっぱいのツーショットがあふれている。しかも想像以上にたくさん。まるで宝石をちりばめたように。

ハネムーンの写真はもちろん、海とかテーマパークとか、デートの写真も数えきれないほどある。というか……

スマホを持つ手がプルプルと震えた。私のアルバムはさながら『水元良希写真集』。彼単体の写真が山のように保存されていた。

我ながら呆れてしまう。でも、気持ちは痛いほど分かる。良希さんが素敵すぎて、シャッターを押す手が止まらなかったのだ。

宝石箱のようなアルバムは、大切な思い出であると同時に恋の軌跡だった。

「お客さん？　病院に着きましたよ」

運転手さんの声にハッとする。写真に見入るうちに時間が過ぎていた。

「すみません、ぼうっとして。おいくらですか？」

料金を払ってタクシーを降りると、北風が頬を刺した。あまりの冷たさに、いっぺんに目が覚める。

アルバムが教えてくれた。一年前の私は頑張って初デートに臨み、彼と付き合い始めて、いろんな感情を乗り越えて結婚したのだと。どうやって乗り越えたのか分からなくても、間違いなく自分自身が体験したことだ。

焦っても仕方ないけどソワソワする。早くすべてを思い出したくて、病院の玄関へと小走りした。


「写真の保存は、外部のストレージサービスを利用すると安心ですよ。スマホ側のデータをうっかり消してしまっても、そちらに残りますから」

北野先生が写真の安全な保存方法を教えてくれた。

「水元先生はスマホを連絡手段ていどに考えておられる。これくらいのアドバイスができなくて、どうするんでしょうねえ」

北野先生はインターネットやデバイスに詳しいようだ。先輩医師の不得意分野を指摘して、ちょっと楽しげな様子。

「こほん。世間話はこれくらいにして、話を戻しますね」

「あ、はい。お願いします」

ここは北野先生の診察室。今の状態を話すうちに話が逸れてしまった。北野先生は電子カルテを見直しつつ、診察結果を述べた。

「体調は良好。浮腫も頭痛もなし。悪夢は不安の表れであり、心理的な理由が考えられます。また同じような夢を見たり、不眠になるようなら、ご相談ください。専門科の医師と連携し、総合的な治療を目指します」

心理の専門科というと心療内科か精神科だろう。いずれにしろ、北野先生にお任せすれば安心だ。治療方針に同意して診察を終えた。

信頼する医師に診てもらい、心が軽くなった。朝よりずっと元気になった気がする。

電車で帰ろうと思い立った。途中でスーパーに寄って、買い物して……。

歩きながら、夕飯のレシピをあれこれ考えた。良希さんは無理しなくていいと言ってくれたが、できるだけ家事をやりたい。大切なのは、日常生活をスムーズに送ること。ご飯を作ったり洗濯したり、日々のルーチンをこなして生活リズムを整えるのだ。

妻として、忙しい彼を支えるために。

自宅の最寄り駅で電車を降りた。改札を出ると、大きなデパートが目に入る。記憶を失くした日、公園に行く前に立ち寄った場所だ。

買い物しようとデパートに入ると、お昼時のためかずいぶん混み合っていた。じゃまにならないようエレベーターホールの隅に寄り、テナントを確認した。

食品売り場は地下にある。上階にはブランドショップやレストラン街など。最上階のイベントフロアではバレンタインフェアが開催中だ。

フェアの詳細を見て、『Blumen』というブランド名に目が留まった。

ブルーメンと読むのかなと、しばし考えてハッとする。指輪を探したとき、財布のポケットに挟まっていたレシートに、同じ文字が印字されていた。

バッグから財布を取り出して確かめると、レシートがあった。捨てなくて良かったと思いつつ、二つに折り畳まれたそれを開く。

【領収書】○○デパート／『Blumen』限定コレクション／¥8，500／※バレンタインフェア特設会場／

日付は二月四日の金曜日。これは間違いなく、良希さんのために購入したものだ。

あの日デパートに寄ったのは、チョコレートを買うため。でも、どうして公園に行く前に寄ったのだろう。荷物になるのに。

我ながら不合理な行動である。しかし、なんとなく分かる気もした。

やはり、急に散歩したくなったのだ。雪の降る公園を歩くなんて珍しいシチュエーションだし、それに、チョコレートなら軽いから、持ち歩いてもいい。

でも、そのチョコレートはどこにいったのだろう。搬送先の病院で預かってもらった荷物は、バッグと折り畳み傘のみ。指輪について問い合わせたとき、確認している。

そうなると答えは一つ。きっとどこかに置き忘れたのだ。電車の中とか、公園のベンチとか。指輪もバレンタインチョコも失くすなんて、どうかしている。記憶だけでなく、良希さんに関する大事なものばかり。あの日の自分に腹が立ってきた。

だけど、指輪と違ってチョコレートなら買い直しができる。私は気を取り直し、もう一度同じものを買うために、イベント会場へと向かった。

「えっ、売り切れですか？」

レシートを見せて同じ商品を求めた私に、店員が残念そうに説明した。

「こちら、数量限定の特別商品でございます。再入荷の予定も立っておりませんし、申しわけありませんが……」

「そう、なんですね」

私が購入したチョコレートはフェアの一番人気らしく、既に完売したそうだ。しかも一種類のみの商品なので代替えがきかない。

そんな貴重なものを失くすなんて、粗忽《そこつ》にもほどがある。

代わりになるチョコレートを探すほかない。たくさんの女性客に混ざり、会場を一回りした。でも、どの商品を見てもピンとこず、結局手作りすることに決めた。高級チョコには敵わないけれど、私にはこれしかない。めいっぱい心を込めるのだ。

手作りコーナーで材料を買い、イベント会場をあとにした。


「あれっ、夕飯を作ってくれたのか」

夜、帰宅した良希さんがテーブルに並ぶ料理を見て、心配そうにした。

「惣菜とか弁当でいいのに。無理したんじゃないだろうな」

「大丈夫です。簡単なものばかりだし」

良希さんは本当に過保護だ。夕方に電話してきて、『思ったより早く帰れそうだから、晩飯は俺が作る』なんて言うからびっくりした。嬉しいけれど、良希さんこそ私のために無理しないでほしい。誰よりも大切な、旦那様だから。

「ん、どうした？」

「えっ？　な、なんでもありません。早く食べましょう」

良希さんは観察眼が鋭い。心を見透かされないよう、それとなく目を逸らした。

「悪夢は不安の表れ。ということは、やっぱり記憶喪失が原因なんだな。美桜が自覚するより、ショックが大きいのかもしれない」

食後のデザートをテーブルに置いた私を、良希さんが深刻そうに見つめた。私は慌てて首を横に振る。

「そんなことないですよ。よく考えればただの夢だし、私が怖がりすぎなんです。それに、北野先生に診てもらって、かなり気持ちが軽くなりました」

「そうなのか？」

夕飯を食べながら、今日の出来事を順番に話した。スマートフォンのデータを復元して、二月四日の行動履歴を調べたことや、バレンタインチョコを失くしたことまで全部。良希さんは熱心に聞いてくれたが、最も気にしたのは診察の内容だった。

「このとおり顔色もいいし、朝よりずっと元気になったでしょう？」

「まあ、確かに」

りんごをひと口かじり、じっと見返してくる。この表情はまだ疑っている。

「も、もしまた夢を見るようなら北野先生のところに行きます。専門の科を紹介してくださるそうだし」

北野先生が優秀な医師であるのは、良希さんが一番分かっている。だからこそ治療を任せたのだ。

「分かった。でも不安を感じたら、まず俺に相談すること。どんな小さなことでも話すように。俺は美桜の夫なんだからな」

「はい、それはもちろん」

納得してくれたようだ。それにしても、良希さんは本当に心配性である。

「ところで、帰りは電車に乗ったのか。買い物までして、かなり疲れただろ」

「それが、意外と楽しかったんです。もともと歩くのが好きだし、デパートでいろいろ見て回れたし、あ、でも……」

チョコレートの件は本当に残念だった。思い出すと、がっかりしてしまう。

「気持ちだけでじゅうぶん嬉しいよ。それに、今年も手作りチョコをもらえるんだから、俺は幸せ者だ」

明るく笑うのは私を励ますため。この人はいつだって前向きで、太陽のようにまぶしくて、温かい。

「スマホのデータといえば、写真の量がすごかっただろ」

「そうなんです。特に良希さんの写真が……」

慌てて口を閉じる。『水元良希写真集』について本人に語るのは、かなり恥ずかしい。

「どうした？」

「えっと、その……いろんな写真が保存してあるから容量がすごくて……で、北野先生に相談したら、ストレージサービスを利用すれば、大量に保存できるし便利ですよって、アドバイスをもらいました」

「ああ、クラウドサービスってやつ？　北野はいろいろ利用してるんだな」

上手く会話が繋《つな》がり、ホッとする。

良希さんは自分のスマートフォンを取り出し、画面をこちらに向けた。

「あれっ、アイコンが少ないですね」

「俺はいまひとつ、オンラインサービスに興味が湧かなくてさ」

「そうなんですか？」

良希さんの職場は、最先端医療を研究する大学病院だ。デジタルツールに興味がないというのは少し意外である。

「俺は基本、アナログ派なんだ。もちろん外科医としてテクノロジーに敬意を払うが、生活に取り入れたいとは思わない。特にスマートフォンは、流行《はや》りのアプリもSNSも興味なし。若いやつらに、『ホントに現代人ですか』なんて言われるよ」

「た、確かにSNSを使う人は多いけど、やらない人だって普通にいますから」

私も使ってはいるが、時々チェックするだけでほとんど投稿しない。結婚後も変化がないようで、SNSのアイコンは優先順位の低い位置にまとめられていた。

「小さな画面に、文章をポチポチ打ち込むのがもどかしいんだよなあ」

良希さんは文字を利用したコミュニケーションが好きではないと言う。私との連絡も主に電話だったとのこと。そういえば、スマホのメッセージアプリは良希さんとの会話が少なかった。家族や友達とのやり取りのほうが多い。

「仕事では使うけどね。グループでの会話が便利だし」

「……なるほど」

「今、『昭和か！』って、ツッコミを入れただろ」

「ええっ？　そんなことありませんよ」

良希さんが椅子を立ち、テーブルを回って私の隣に座る。なぜかとても、怖い顔をしているような。

「よ、良希さん？」

「俺は北野みたいに気の利いたアドバイスができないし、デジタルツールに疎《うと》い。頼りにならないもんな」

「な、なにを言ってるんです。頼りにならないなんて、とんでもない」

私は良希さんを誰よりも尊敬し、頼りにしている。ネットに詳しい人はたくさんいるが、私の求めるものをすべて持っているのは良希さんだけだ。

「気のせいかなあ。なんか、北野の話をするとき、ずいぶん楽しそうに見えるけど？」

「は、はい？」

北野先生の話？　楽しそう？

「ええっと……なんのことでしょうか。私には、さっぱり」

「とぼけるんじゃないの」

ぐいっと抱き寄せられた。睫毛《まつげ》が触れそうに顔が近い。

「ちょ、ちょっと、あの……良希さん？」

「さっきから美桜は、北野のことばっかり」

「えええ？」

「北野先生に診てもらって、心が軽くなった。また悪夢を見たら、北野先生に相談する……って、えらくあいつを頼ってるじゃないか」

良希さんらしからぬ拗《す》ねた言い方だ。一体どうしたのだろう。

「だ、だって北野先生は優秀なお医者様だし、良希さんも認めていますよね。だから私も安心して治療を任せられるし、頼りにするんです」

「そういうことじゃない」

ますます強く抱き寄せられた。もしかして、すごく興奮してる？

「美桜、よく聞くんだ。俺は北野に」

「……」

しばし見つめ合い、次の言葉を待つ。だけど良希さんはふいに立ち上がると、自分の椅子に戻ってしまった。なにかをぐっと堪《こら》えているような、つらそうな様子に見える。

「あの、どこか具合でも……」

「すまない、興奮した。カフェオレでも入れるよ」

良希さんは微笑むが、どこかぎこちない。私は笑みを返しつつ、なぜ彼が興奮したのか真剣に考えてみた。そして、辿り着いた答えは――

医師としての、プライド。

思わず手を打った。良希さんは医者として、北野先生に嫉妬《しっと》したのだ。後輩とはいえ彼は同年代の外科医であり、ライバルと言える。

いつだったか、看護師長が教えてくれた。医師は皆プライドが高く、自分が一番でなければ気が済まない人種である。マイペースに見える良希さんも例外ではないと、つまり、そういうことなのだ。

「さっきは悪かった。俺としたことが」

マグカップをテーブルに置き、良希さんが隣に腰かける。興奮は収まったようだ。

「ううん。私もごめんなさい。無神経でした」

「美桜、分かってくれたのか」

「はいっ」

良希さんがじっと見つめてくる。私もまっすぐに見つめ返した。私が頼りにするのはあなただけですと、思いをこめて。

「うーん、なんか違うな」

「えっ？」

「なんでもない。ほら、冷めないうちにどうぞ」

「あ、はい。いただきます」

私の気持ちが通じたのか、良希さんがいつもの笑顔に戻る。でも、どこか不満そうに見えるのは気のせいかしら。

よく分からないが、これからは発言に気を付けなくては。

「ところで、吉村さんが来るのは次の日曜日だよな。連続になるけど、その次の休みに可南子を呼んでもいいか？」

「もちろん。特に用事もないし、私は大丈夫です」

「じゃあ、可南子に電話しておくよ」

「はい。楽しみです」

それから良希さんと他愛《たわい》ない話をして、穏やかな時間を過ごした。


今夜も二人でベッドに入り、いつものようにのんびりとお喋りした。相変わらずドキドキするけれど、良希さんの低い声は耳に心地よくて、ホッとする。

ベッドで彼が語るのは、主に恋人時代のデートの思い出。二人で過ごした日々のことを少しずつ教えてくれる。

私の知らない私。私の知らない良希さんが登場して、なんだかワクワクする。恋愛小説を読んでいるみたいな、不思議な感覚。

だけど、それらは間違いなく、自分自身の経験なのだ。

私の知らない良希さん。北野先生への嫉妬心は意外だったけれど、彼の新たな一面を知ることができた。記憶を失くす前の私は、その辺りをちゃんと理解していたのかな。恋人として、妻として、今の私よりずっと大人なのかもしれない。

良希さんのため、そして自分のためにも、早くそのレベルに達したいと思う。

「他になにか知りたいことは？」

私の手を握り、じっと見つめてくる。

「君はいずれ記憶が戻る。全部自分で思い出してみせるって頼もしい言葉も聞いたが、こんなふうに思い出を話すのは俺も楽しいし、教えられることは全部教えたいんだ」

「良希さん……」

温かい。彼の身体は、どうしてこんなにもぽかぽかするのだろう。気持ち良くて、もっと甘えたくなってしまう。

ピタリと身体をくっつけ、頼もしい胸に頬を寄せた。

「知りたいことはあります。でも、もったいなくて訊けずにいること」

「な、なんだい？」

気のせいか、声が上ずっている。顔を見ようとしたけれど、だんだんウトウトしてきて、目を開けられない。

「知りたいことは、プロポーズの……」

「えっ?」

実は、一番気になっているのはプロポーズの言葉だ。いつ、どんなシチュエーションで結婚を申し込まれたのか、すごく知りたい。でも、あっさり聞いてしまってはもったいないから、あえて訊かないでいる。

「ああ、プロポーズね。そういえば、まだ話してなかったな」

「うん。でも、やっぱり……自分で思い出したいから。ごめんなさい、眠くて……眠ってもいい?」

「あっ、ああいいよ、もちろん」

「ありがとう、良希さん。おやすみなさい」

「うん……おやすみ」

頬にキスをくれた。彼の身体が、さっきよりぽかぽかしている。

どうしてだろうと不思議に感じるうちに、眠ってしまった。

第四章　寂しい場所　～良希～

タクシーの窓に映るのは寒々とした景色。橋に差し掛かると、グラウンドが整備された河川敷が目に入った。川沿いに延びる堤防道路の反対側に清流公園がある。

美桜が発見されたのは、公園に下りる階段の踊り場だという。落差はさほどでもないが、記憶を失った原因は間違いなくあの転落事故だ。

美桜は一体、どんな落ち方をしたのだろう。というか、なぜよりによって俺と過ごした一年間の記憶を失ってしまったのか、それが解《げ》せない。

陰鬱な風景から目を逸らし、眉間を押さえた。午前中の外来は患者が少なかったが、えらく疲れている。昨夜、なかなか寝付けなかったせいだ。

美桜が記憶を失くして以来、俺は身も心も乱されっぱなし。無自覚な女ほど怖いものはない――と、昨夜は特に思い知らされた。

北野に嫉妬した俺の気持ちを彼女はまったく理解していない。まあそれはいいとして、ベッドの中で身体を押し付けてくるとはどういうつもりなんだ。

いや、あの行為に他意はない。ただ俺に甘えているだけ。可愛いんだけど、初心な乙女に戻ってしまった妻を抱くに抱けない俺にとっては、残酷な仕打ちである。

（寝たふりをするのも、つらくなってきたな）

恋人時代を思い出す。初めて美桜を抱くまで、どれだけ我慢したことか。いきなり迫ればたちまち逃げられてしまいそうで、スキンシップには慎重を期した。

何度もデートを重ね、手を繋ぎ、キスをして、そっと抱きしめる。無自覚な彼女に翻弄《ほんろう》されながらも決して暴走しないよう己を律し、ついに思いを遂げたのだ。

（初めての夜は旅先だったなあ。夏の夜、オーシャンビューのホテルでロマンティックなときを過ごして、それから……）

「お客さん、病院に着きましたよ」

「そうそう病院に。えっ？」

外を見ると、いつの間にか目的地だった。

「すみません、ぼうっとしてました」

「暖房が効いてるから眠くなるんでしょう。よくあることですよ」

運転手がにこりと笑い、料金を告げた。

甘い思い出に浸ってる場合か。俺は気を引きしめて北野のもとへ向かった。

「お忙しいのにわざわざいらっしゃるとは、よほど美桜さんが心配なんですね」

北野は俺にカップコーヒーを手渡すと、向かいの椅子に座った。ここは診察室の隣に設置された応接スペース。午後は外来診療が休みのためか、とても静かだ。

「美桜の件もあるが、論文に必要な資料を借りにきたんだ。楠木教授の研究を手伝ってるものでね」

「なるほど。それで、昨日の診察についてなにか疑問でも？」

北野は愛想がない。話し方も淡々として、患者によっては冷たい印象を受けるだろう。だが美桜は、この男に診てもらって気持ちが楽になったと言う。

相性がいいのかなと考えて、すぐに打ち消す。嫉妬するために来たのではない。

「美桜が見たという夢の話なんだが」

「昨夜も同じ夢を？」

「いいや、昨夜は見ていない。俺と違って、朝までぐっすり眠れたみたいだよ……って、そうじゃない。悪夢の内容が、えらく具体的だと思ってさ」

北野がコーヒーをひと口含み、なるほどとつぶやく。

「悪夢は心理的な不安の表れ。僕の見立てが気になったんですね」

俺は黙ってうなずく。さすが優秀な医者は察しがいい。

「全身黒ずくめの魔女のような女が、長い髪を振り乱して追いかけてくる。ホラー映画の一場面のような夢、でしたね」

「そう。だから俺は、記憶を失う前に怖い映画でも観たのかなと思ったんだ。でも、美桜はホラー映画が苦手だし、その可能性は低い」

「ネットや動画で一瞬見てしまったとか。恐ろしい映像《イメージ》が脳裏に焼き付いて、深層心理に影響することがあります」

「そうかなあ。なにしろ記憶を失くしてるから、確かめようがない」

窓を白いものが掠めた。雪が降りだしたようだ。

「映像《イメージ》でなければ、現実ですか？」

「うーん。俺の知る限り、美桜の周りに魔女みたいな女なんて、いないんだよな」

北野が考え込んだ。さして広くもない部屋にヒーターの音だけが静かに響く。雪を見たせいか、さっきより寒くなった気がした。

「水元先生。記憶を失うきっかけは外傷だけではありません。例えば、生命に関わるような恐怖体験をした人が、自己防衛的にその出来事を忘れることがあります」

「記憶に蓋をするってことか」

「そう、無意識にです。そして何年かあと、ふとしたきっかけでフラッシュバックが起きて、ひどく苦しむ患者さんが実際にいる。精神科の先生に聞いた話ですが」

「てことは、頭を打ったのが記憶喪失の原因でないなら」

「恐怖体験が原因ということも考えられます。もしもこの先、同じ悪夢を繰り返し見るようなら考慮に入れるべきでしょう」

――私は逃げようとするけど、足がもつれて……捕まってしまって。

黒ずくめの魔女が追いかけてきたと、美桜が怯えていた。もしもそれが現実の体験だとしたら。

「まさかと思うけど、一応、考えておいたほうがいいな」

どんな小さな不安も取り除いてやりたい。俺は夫として、可愛い妻を守りたいのだ。

「コーヒーが冷めてしまいましたね。入れ直してきます」

「ああ、もういいよ。資料を借りに行かなきゃ。あ、そうだ北野」

もう一つ、言っておくことがあった。この男が不埒《ふらち》なことを考えるとは思わないが、一応、念を押しておく。

「ちゃんと分かっているだろうな」

「はあ。なにをでしょう」

とぼけた顔の後輩を、軽く睨《にら》み付ける。

「美桜は俺の妻だ」

「……」

反応がない。とぼけているのか、それとも俺の言わんとすることが理解できないのか。もっとハッキリ言おうとすると……

「ええ、もちろん存じ上げておりますよ。あなた方は昨年の秋にご結婚されて、生計をともにしておられる。美桜さんは水元先生の正式な妻であり、ご家族となられました。それがなにか？」

嘘もごまかしもない、澄んだ瞳がまっすぐに俺を見返す。

「いや、だから……そういう形式的な話じゃなくて」

「ではどういう意味でしょう。保険の事務手続きに問題があるなら、会計課に連絡しておきますが」

どうにも話が通じない。もう少し具体的に言うべきだった。

「お前がその、美桜に対して妙に親切で、ずいぶん親しげに接しているようだから、ちょっと気になったわけだよ」

「なにを仰りたいのか、よく分かりませんね」

北野は首を傾げた。見当もつかないといった様子である。

「病院を訪れる患者は医者が頼りです。親切にするのは当たり前でしょう。ましてや美桜さんは同じ病院で働いていた仲間ですし、親しげに接するのは自然のこと。それとも、僕の医療行為に問題でも？」

「……いや、もういいよ」

北野は昔からこういうやつだった。俺は今さら思い出し、脱力する。

「美桜はお前にとって、仲間なのか」

「仲間です」

たぶん美桜も同じだ。言いたいことがまったく伝わらないこの感じ。この手応えのなさ。恋愛経験の少なさが原因、というより二人とも純粋すぎるのだ。

（しかし、美桜はともかくとして……）

まっすぐな瞳のピュアな三十男を、じっと見つめた。

「北野。お前は今、付き合っている女性とか、いるのか？」

「また唐突なご質問ですね。そのような女性はおりません」

研究発表の質疑応答さながらのクールな態度。俺はますます心配になり、誰か紹介しようかと言いかけるが……。

「縁談のお話なら間に合っていますので、ご心配なく。実は、次回の休日に見合いの予定が入っておりまして」

「えっ、そうなのか」

予期せぬ答えに驚くが、考えてみれば北野を心配する人間は他にもいる。そろそろ身を固めろと、周りがお膳立てしたのだろう。

俺がおせっかいするまでもなかったと胸を撫で下ろした。

「もう十五回目の見合いになります。おそらくまた失敗するでしょう。原因は不明ですが、なぜか毎回断られてしまうので。まあ、母が次から次へと縁談を持ってくるので、そのうちなんとかなると思います。こういったものは縁ですので、じたばたしても仕方ありませんよね？」

「あ、ああ」

もしかして冗談かなと思うが、こいつに限ってそれはない。

「今度はその、上手くいくといいな……頑張れ」

「ありがとうございます」

どこまでもピュアな空気に耐えられず、そそくさと退散した。

用事を済ませて病院の玄関を出ると、雪が本格的に降り始めていた。

ロータリーで待機するタクシーに乗ろうとして、ふと足を止める。美桜が記憶を失った日も、かなりの雪が降っていたはず。

「まだ時間がある。少し寄り道しよう」

傘を差して清流公園の方向へと歩きだした。

「それにしても、北野があれほど鈍いとは驚きだ。嫉妬した俺がバカみたいじゃないか。美桜も美桜で……いや、違うな。美桜はしょうがない。一年前の初心な状態に戻ってるんだから。それに鈍いところがまた可愛いし。うん、可愛いから許す！」

堤防道路を歩きながら独り言を漏らす。雪が降る中、通行人は俺一人だし、車もめったに通らない。いくらニヤニヤしても構わなかった。

十五分ほど歩くと清流公園の入り口が見えてきた。堤防を降りるのに、美桜が転落した階段を使った。雪に濡れたコンクリート製の階段は、確かに滑りやすい。

こんなところで頭を打つなんて、かわいそうに。それに、もし発見が遅ければどうなっていたのか。想像するだけでゾッとする。

俺は憎い敵を踏み付けるようにして、一段一段下りていった。

公園は閑散としていた。樹木に覆われた広い敷地に、噴水の音だけが寒々と響く。

じっとしていると寒いので、園内を足早に回った。

遊歩道は整備されているが、上を見れば木々がうっそうとして、ちょっとした森のようだ。予想どおり園内は無人で、ずいぶんと寂しい状況である。

入り口に戻ってから、ふうっと息をついた。いくら散歩好きとはいえ、こんな天気に、こんな場所をウロウロするのは感心しない。しかも日が暮れそうな時間帯に一人きりで。今さらながら、危なっかしい妻にハラハラする。

寂しい光景に背を向け、公園をあとにした。

堤防の階段は、さっきより雪が積もっていた。踊り場で立ち止まり、あの日もこうだったのかなと想像する。

堤防道路に上がり、灰色の川面を眺めた。

――記憶を失うきっかけは外傷だけではありません。例えば、生命に関わるような恐怖体験をした人が、自己防衛的にその出来事を忘れることがあります。

北野の言葉が引っ掛かる。生命に関わるような恐怖体験が、悪夢となって表れたのだとしたら……

「美桜は一人で、ここに来たんだよな」

もちろん、そうに決まっている。誰かと約束したなら、前もって俺に話すはずだ。

本人の推測どおり、雪に釣られて散歩したくなったのだろう。

しかし、どうにもモヤモヤする。不安の正体が、よく分からなかった。

医局に戻った俺は、熱いコーヒーを入れてひと息ついた。雪に濡れたせいで身体が冷え切っている。

「水元先生、お疲れ様です！」

元気のいい声に振り向くと、研修医の入江恵が笑顔で立っていた。

「お疲れ。調子はどうだい」

「絶好調です！　今が人生のピークじゃないかってくらい、毎日が充実してるっす」

「へえ、そいつはすごいな」

相変わらず面白いやつだ。学生みたいなノリが気になるが、患者には受けがいいらしい。気難しいお年寄りも、入江と話すだけで笑顔になるそうだ。

「ところで、どうしたんですか？　髪が濡れてますよ」

「さっき外出して、駅から歩いてきたんだ。傘が役に立たなくてさ」

「あっ、なるほど。雪ってそうなりますよね」

入江がぽんと手を叩き、その拍子に持っていたファイルを落とす。麻酔科のシールを見て、俺宛ての書類だと分かった。

「わわっ、すみません！　こちら、水元先生が執刀される患者さんへの、全身麻酔のリスク説明の書類と同意書です」

丁寧に差し出されたファイルを受け取り、中身を確認した。

「麻酔前指示もしっかり頼むぞ。前回は絶水の指示ができてなくて、手術が延びてしまったからな。あと、手術場でもちゃんと勉強しろよ」

「はいっ。頑張ります」

研修医は院内各科を回って実習経験を積む。入江は現在、麻酔科で研修中だ。

「ああ、そういえば……」

俺以外の医局員は出払っている。からかうつもりはないが、一応確かめてみた。

「水元チームの一員と、仲がいいそうだな」

「はいっ？」

大げさな反応と真っ赤な顔が、すべてを証明している。チームの一員というのはもちろん、吉村結花のことだ。

「なっ、なにを仰いますやら。仲がいいだなんて、そんな。まだそこまで進んだわけじゃ……ていうか、どうもすみません！」

「いや別に、謝らなくていいよ」

素直すぎて困惑するが、こんなところが入江の魅力なのだ。天真爛漫《てんしんらんまん》な正直者。そのため患者だけでなく、楠木教授など謹厳な人物にも可愛がられている。

「恋愛は個人の自由だし、俺は干渉しない。ちょっと訊いてみただけだ」

「そ、そうなんですか？　でも、俺みたいな新米が、結花さんみたいな素敵な女性とお付き合いしてもいいのかなって……」

こいつは相当惚れ込んでいる。入江にとって吉村さんは高嶺《たかね》の花であり、そんな彼女と相思相愛となれば、まさに人生のピークだ。

「なるほどねえ。本当に好きなんだな」

「そりゃもう、マジですよ！　彼女のためなら俺……って、なに言わせるんですか。書類、よろしくお願いします。失礼します！」

入江は耳まで真っ赤になり、医局を出ていった。

「純情なやつだ。それにしても、クールな吉村さんが元気印の年下君と熱烈交際とはね。ちょっと意外だが、めでたいことだ」

帰ったら美桜に話してやろう。妻の喜ぶ顔を想像し、明るい気分になった。

第五章　招かれざる客　～美桜～

今日は結花が遊びに来る。私は朝早くから起き出して、おもてなしの準備をした。

「いい匂いがすると思ったら、ケーキを焼いたのか」

「うん。結花は甘いものが好きだから」

キッチンでお茶の用意をする私を、良希さんが覗き込んだ。

「妬けるなあ。ひょっとしてキミ、俺より吉村さんを好きなんじゃないの」

良希さんの拗ねた顔を見て、思わず微笑む。

「なに言ってるんですか。結花を大好きなのは入江さんでしょう？」

研修医の入江恵さんが結花にベタ惚れだと、この前良希さんが話してくれた。今日はそのことについて、結花とお喋りするつもりだ。手作りケーキは、彼女に恋人ができたお祝いでもある。

「じゃあ、美桜が大好きなのは？」

「はいっ？」

ぐいっと迫ってきた。大真面目な顔になり、答えを求めている。

「そ、そんなの、決まってるじゃないですか」

「さあ、見当もつかないな。誰？」

「う……」

良希さんは時々、こんな風に言質を取ろうとする。私の気持ちを、はっきりと言葉にさせたいのだ。

「良希さん、です」

「へええ、そうなんだ。美桜は俺のことが大好きなんだ」

いかにも嬉しそうにデレする。いつも病院で見ていた『かっこいい水元先生』からは想像もできない、緩みきった表情。

「もっ、もう向こうに行っててください。忙しいんですから」

「はいはい、了解しました」

毎日一緒に暮らすうちに分かってきた。水元良希という人は、かなりの恋愛巧者である。モテる人なので仕方ないけれど、スキルが違いすぎる。あんな風に迫られたら、恋愛初級レベルの私は降参するほかないのだ。

その上、大人の男は欲望のコントロールも完璧である。

記憶を失った私のために我慢しているのかなと、最初は思っていた。だけど、彼はいまだにキスもせず、夜も一緒に眠るだけ。温かい胸に甘える私を平然と受け止め、明かりを消せばすぐに眠ってしまう。

そういえば、スマホの写真データも私よりずっと少なかった。男の人はそんなものかと思ったけれど、もしかしたら経験値の違いかもしれない。良希さんは今まで、どんな女性と付き合ってきたのだろう。

ぼんやり考えていると、インターホンが鳴った。

「美桜、吉村さんが来たみたいだぞ」

リビングから良希さんの声がして、ドキッとする。エプロンを外して、頬をペチペチと叩いた。恋愛格差が大きすぎるあまり、変なことを考えてしまった。

「さすが吉村さん。時間どおりの到着だな」

「うん」

良希さんと一緒に玄関まで行き、急いでドアを開けた。

「キャー、みおー」

「いらっしゃい、ゆかー」

ひしと抱き合う私たちを見て、良希さんが苦笑する。

「やっぱり熱々じゃないか」

「うふ」

さっきの話だ。きょとんとする結花に教えると、楽しそうに笑った。

「私にやきもち焼いてどうするんですか。もっと余裕を持ってください、水元先生！」

パシッと肩を叩かれ、良希さんが大げさによろける。コントのようなやり取りが可笑しくて、ひとしきり笑い合った。

「美桜。これ、お見舞いです」

結花が花束をくれた。カラフルな薔薇《ばら》を集めたミックスブーケだ。

「可愛い！　ありがとう、結花」

「いろいろ大変だったね。でも、元気そうで安心したよ」

「うん。結花も……」

あらためて親友を見つめた。

ショートの髪に一粒ダイヤのイヤリング。オレンジのトレンチコートがよく似合っている。襟もとからのぞく水色のセーターも、明るい色が好きな結花らしいコーデだ。

私の記憶にあるのは一年前の結花。だけど目の前にいる結花は、あの頃よりも美しく洗練されている。

「なんだか、すごくきれいになったね」

「そ、そお？」

照れた顔を見て、ぴんときた。女性がきれいになる理由なんて決まっている。

「さあさあ、立ち話はその辺にしてリビングへどうぞ」

「はーい、おじゃまします」

良希さんに促されて、結花が玄関に入った。入江さんとの恋バナは、あとでゆっくり聞くことにする。

「あれっ、これってもしかして紫陽花？」

結花が玄関の植木鉢を見て、私に訊《たず》ねた。

「うん。可南子さんからいただいたの」

「可南子さん……ああ、結婚パーティーでお会いしたわ。確か、先生の弟さんの……奥様ですよね？」

自信なさげな結花に、良希さんが「そうそう」と答える。

「花が好きな美桜にと、新築祝いにくれたんだよ」

「へえ」

良希さんの説明に、結花はなぜか不思議そうに首を傾げる。

「紫陽花がどうかしたのか？」

「いいえ、別になんでも。それより、すっごく素敵なお家《うち》ですね。私も住んでみたい！　なあんてね」

紫陽花はもういいのかな？　少し気になるけれど、結花が話題を変えたので、それきりになった。

「ええっ、ケーキを焼いてくれたの？」

お茶の用意をしてリビングに運ぶと、結花が驚きの声を上げた。

「うん。結花の好きなチョコレートケーキ。本当はお取り寄せしたかったけど、時間がなくて」

洋服も食品もブランド好みの彼女に、手作りケーキは合わないかもしれない。だけど、大切な友達のために、せいいっぱい心を込めて作った。

「美桜……」

一瞬戸惑ったように見えたが、結花はすぐに顔をほころばせた。

「ありがとう。どんなお取り寄せより、ずっと嬉しいよ。最高のおもてなしだわ」

「ど、どういたしまして」

そんなに感謝されると照れてしまう。でも、喜んでくれて良かった。

「美桜は本当に、君のことが大好きなんだ。今日も朝早く起きて、歓迎の準備に余念がなくてさ」

「ええっ、そうなの？」

良希さんの発言に結花が反応する。

「怪我が治ったばかりなのに、そんなに動いちゃダメでしょ。なんのためにお見舞いに来たか分からないじゃない」

「だ、大丈夫だよ。良希さん、大げさに言わないで」

良希さんがクスクスと笑う。それを見て、私も結花もなんだか可笑しくなり、一緒に笑った。

「でも、美桜が私を大好きなのは知ってる。水元先生、焼きもちやかないでくださいよ」

「妬かずにいられようか。なっ、美桜」

「もう、蒸し返さないでください」

明るい光があふれるリビングで、大好きな二人とお茶を飲む。私たちはたくさんお喋りして、豊かで幸せな時間を過ごした。

「それでさ、いろいろ大変なのよ。美桜がどれだけ仕事ができる看護師だったのか、日々思い知らされてるわけ」

「そ、そうなの？」

一時間後、私と結花は庭のテーブルに移動した。良希さんは教授から電話がかかってきて、書斎で話している。込み入った話のようで、なかなか解放されない。

「術後の患者さんを注意深く観察するのは基本中の基本でしょう。それができてないから、問題を見落とすのよ。術後の発熱には種類があって……」

どうやら結花は、不満が溜まっている。もともと仕事熱心だけど、以前より厳しさが増したようだ。

「美桜が抜けた看護チームに補充された清水《しみず》さんが、しょっちゅうやらかすのよね」

「清水さんって、新人の？」

「今はもう新人じゃないよ。二年目だもん」

「あ、そうか」

私が覚えているのは一年前の職場であり、今は事情が変わっている。

結花は今日、私が退職するまでの主な出来事と、その後の職場の様子を話してくれた。良希さんからもあるていど聞いているが、看護師仲間については、やはり結花のほうが詳しかった。

「水元先生の奥さんに愚痴るのはどうかと思うけど、言っちゃった。美桜は聞き上手だから、ついつい弱音を吐いちゃうわ」

「そっか」

良希さんと私が結婚してから、結花のメッセージが減っていた。やはり気を遣っていたのだ。

「いくら夫婦でも、結花と話したことは彼に伝えないよ。特に職場のことは……だから、もっと愚痴っていいからね。良希さんも大事だけど、結花も同じくらい大事な存在だから」

結花は戸惑った表情になり、目を逸らした。私の言葉がストレートすぎて、きっと照れくさいのだ。私自身、少し恥ずかしくなる。

「ありがとう、美桜。でもさ、やっぱりあんたは先生にベタ惚れだし？　旦那様に熱く迫られたらなんでも喋っちゃいそう」

「は、はあっ？」

結花がこちらを向き、面白そうにからかう。

「だってそうでしょ？　夫婦なんだから」

「……」

頬が熱くなり、それを見られたくなくて、うつむく。だけど、不自然な反応がすべてを露呈してしまった。

「えっ、まさか美桜。水元先生となにもないとか……スキンシップとか」

「言わないで！」

風が吹いて、庭木をざわざわと揺らす。髪に落ちた木の葉を、結花がそっと取ってくれた。

「ごめん、変なこと言って。あんたが記憶喪失だってこと知ってるのに」

「謝らないで。私が恋愛下手で、ダメなだけだから」

結花が困ったように私を見る。結花も良希さんと同じ恋愛巧者であり、二十八歳にもなって初心な私を理解できないのだ。

気まずい状況に耐えられず、もじもじと指を絡めた。

「あれっ、美桜。指輪はどうしたの？」

「指輪？」

顔を上げると、結花が私の手もとを見ている。結婚指輪のことだと分かった。

「普段は外してるの？　水元先生も、仕事中は外してるみたいだけど」

「あ、うん。実は失くしちゃって」

「ええっ、結婚指輪を？」

すごく驚かれてしまった。

無理もない。結婚の証を失くすなんて、私自身がおかしいと思う。

「ど、どうしてまた」

「よく分からない。良希さんが言うには、私も毎日指輪をしてたって。でも、この前救急搬送されたときは着けてなかったみたいで……家の中はもちろん、車のシートの下とか、あちこち探したんだけど見つからないの」

結花に説明しながら、だんだん落ち込んできた。大切な指輪を失くすなんて、やっぱり私はどこか抜けているのだ。

「ほんと、ダメだよね。指輪のこともだけど、どうしてこんな私が水元先生……良希さんと結婚できたのかなって不思議に思うんだ。妻として役に立ちたいのに、迷惑かけてばっかり。記憶を失くしたことが不安で、この前も、わけの分からない夢にうなされて心配させちゃったし」

「夢？」

「うん。すごく怖い夢。悪夢っていうのかな」

真っ黒な魔女に追いかけられる恐怖を結花に話した。

「へえ、長い黒髪と黒ずくめの女か……妙にリアルだね」

「不安の表れみたい。記憶喪失にならなければ、あんな夢も見なかったと思う」

「ふうん……」

結花は少し考えるが、名案でも思い付いたかのようにぽんと手を叩いた。

「でも美桜、しょせんは夢じゃん？」

「えっ？」

顔を上げると、明るく笑いかけてきた。

「記憶喪失になれば誰だって不安になるし、それはしょうがないよ。逆に考えれば、記憶が戻ればすべて解決するってことでしょ？　悪夢なんか見なくなるし、失くした指輪も、どこに仕舞ったのか絶対に思い出すって」

「結花……」

落胆する私を懸命に励ましてくれる。学生時代と変わらぬ笑顔がなにより嬉しい。

「ありがとう。そうだよね、いずれ記憶は戻るって北野先生も言ってた」

「でしょ？　ていうか、私もいろいろ配慮が足りなくてゴメン。指輪のことも大げさに驚きすぎたわ」

「とんでもない。結花が謝ることじゃないよ」

また気を遣わせてしまった。せっかく来てくれたのに、このままでは結花に申しわけない。私はめいっぱいの笑顔になり、無理やり話を変えた。

「そっ、そういえば、例の彼氏と熱々なんでしょ？　良希さんから聞いてるよ」

「例の彼氏？」

ぽかんとする結花に、前のめりになって追求する。強引に持ち出した話題だが、もともと気になっていたので熱が入る。

「とぼけないで。研修医の入江さんだよ。実際、どんな感じなの？」

「ああ、入江君ね。やだなあもう、熱々だなんて……」

恋バナに花が咲こうとしたとき、一台の車がフェンスの向こう側に停まった。鋭いブレーキ音に驚き、私も結花もそちらに注目する。

「誰か来たみたいよ」

「うん」

今日は結花の他に来客の予定はない。変だなと思ううちに、インターホンが鳴った。リビングに戻ってモニターを覗くが、誰もいない。

廊下に出ると良希さんが階段を下りてきた。

「宅配便？」

「違うみたいです。モニターに映らなくて」

今度はドアを叩く音が聞こえた。ドンドンと、すごい勢いである。

「お義兄さん、いないの？　早く開けてー！」

大きな声が聞こえて私と結花はびっくりするが、良希さんはまっすぐに玄関へと進み、ためらうことなくドアを開けた。

「こらっ、近所迷惑だろ！　それに、今日は来るなと言ったはずだ」

良希さんらしからぬ荒っぽい口調。結花と一緒に行ってみると、その人が大きく手を振り私の名を呼んだ。

「キャー、美桜ちゃーん！　可南子だよお！」

「かなこ……さん？」

愛くるしい笑顔を見て思い出す。突然の来訪者は良希さんの義妹、水元可南子さんだった。

「ねねっ、お義兄さん。上がってもいいでしょ？」

「ちょっと待て。今日は別のお客さんがいる……って、おい？」

可南子さんは良希さんの制止を聞かず、ブーツを脱いで玄関を上がった。

二つに結んだ長い髪を弾ませ、目の覚めるようなピンクのジャケットを広げて私に抱き付いてきた。

「わわっ」

勢いに負けて後ろに倒れそうになる。結花が支えてくれたので、どうにか踏ん張ることができた。

「なんてことを！　美桜は頭を打ってるんですよ？」

私を抱きしめる可南子さんを結花が引き剥がした。怒った声に驚いたのか、可南子さんが大きな目をさらにぱっちりとさせて、

「わっ、怖ーい。このお姉さん、誰ですか？」

良希さんの後ろにさっと隠れた。怖いと言われたためか、結花がムッとする。

「だから、お客さんだよ。俺の仕事仲間で、美桜の親友でもある吉村結花さん。結婚パーティーで、お前も会ってるだろ」

「あっ、思い出した。真紅のドレスを着こなした、エレガントなお姉様！」

ぽんと手を叩き、にっこりと笑う。

「友人代表のスピーチ、良かったですー。ちょい気が強そうだけど、すっごくきれいな人だなって、見惚れてたんですよお」

「……それはどうも」

この低い声は、相当怒っている。天然なのか、それともわざとなのか。可南子さんの発言はあっという間に結花を不機嫌にさせた。

「お前なあ……」

良希さんがため息をつき、可南子さんを結花の前に押し出す。

「いきなり割り込んできてその態度はなんだ。吉村さんに失礼だろ」

強い口調に、結花も私もビクッとする。これまで見たことのない厳しい態度だった。

「ええっ、どうして？　私、褒めたつもりなんだけど」

「彼女はお前の身内でもなければ、親しい友人でもない。礼節がなってないと言ってるんだ。謝りなさい」

「はあい」

可南子さんはしゅんとなり、結花に頭を下げた。

「失礼なことを言ってすみませんでした。結花さんは美桜ちゃんの友達だから、許されるかなって思っちゃったんです」

「すまない、吉村さん。俺からもこのとおりだ」

良希さんにも詫《わ》びられ、結花はかえって恐縮した。可南子さんの素直な態度にも感情を和らげたようだ。

「そんな、先生までやめてください。可南子さんがいきなり美桜に抱き付くから、つい心配になっただけですので」

結花は気まずそうにするが、可南子さんはえへっと笑い、私に腕を絡ませてきた。

しゅんとしたのは一瞬で、もう気分を切り替えている。

「美桜ちゃんが記憶喪失だってこと、忘れてました。お義兄さんから聞いてると思うけど、私はいつもこんな感じなの。でも美桜ちゃんは、可南子の明るいところが好きって言ってくれたんだよ？」

「そ、そうなんですね」

良希さんによると、可南子さんと私は相性がいいらしい。距離感のなさに戸惑うけれど、確かに彼女の明るさは好感が持てる。

（花にたとえるなら、真夏のひまわりかな。でも……）

結花がムッとした表情でこちらを見ている。可南子さんのあっけらかんとした態度が気に入らないのだ。

二人がバッティングしないよう、良希さんが配慮した理由がよく分かった。

「と、とにかく上がってください。あっ、結花もリビングでゆっくりくつろいで。お茶を入れ直すね」

私にとって二人は大切なお客様。打ち解けてほしいと願いつつ、平等に接した。

「ところで可南子。来週の約束なのに、どうしていきなり来たんだ。啓二と夫婦喧嘩《ふうふげんか》でもしたのか」

私がお茶を運んでソファに座ると、良希さんが切り出した。

「違いますー。啓二さんと私はいつもラブラブだし、けんかなんかしないもん」

「ならいいけど、歩美はどうしてる。啓二に預けてきたのか」

「啓二さんはお仕事だから、お義母《かあ》さんたちに見てもらってるよ。じいじとばあばも孫と遊べて喜んでるし、なんの心配もありませーん」

歩美君は、啓二さんと彼女の息子さん。歩き始めたばかりの甥《おい》っ子を、良希さんも可愛がっているそうだ。

「あっ、そういえばお義父さんたちが、落ち着いたら一緒にご飯でも食べましょうって。二人とも美桜ちゃんのこと、すっごく心配してるよ」

「そ、そうなんですね。ご心配をおかけして申しわけないです」

ご両親の話が出て、少し緊張した。でも、気にかけてもらえて申しわけなく思うと同時に、とてもありがたかった。

「それで、なんの用事だ？　分かってると思うが、今日のゲストは吉村さんだからな。

用が済んだら、さっさと帰れよ」

良希さんが話を戻す。所在なげにお茶を飲む結花を見て、気を遣ったのだ。私もハッとして、結花に茶菓子をすすめた。

「そうそう、用事があって来たの！　ついさっきSNSで変なやつを見つけて、急いで報告しようと思ったのよ」

「SNS？」

良希さんが眉をひそめる。

「まさかお前、また家族写真をアップしたのか。なんでもかんでもネットに上げるから困るって、この前も啓二が怒ってたぞ。プライバシーを守れとあれほど……」

「違うってば！　そーゆーのじゃなくって」

可南子さんがスマートフォンを取り出し、素早く操作してテーブルの中央に置いた。

「ほらこれ、見てくださいよ！」

みんなでスマホを覗き込む。表示された画面は短文投稿アプリのツブヤイッター。世界中に億単位のユーザーを持つ人気のSNSだ。

「@ブラックローズ？　お前らしくない名前だな」

「だから、私じゃないってば。エゴサしてて、偶然見つけたアカウントなの！」

可南子さんは水元病院の評判を調べるため、時々エゴサーチするそうだ。近隣病院の噂を集めるのも趣味だという。

「お前……そんなことしてたのか」

「次期院長の妻ならトーゼンでしょ。この辺の病院に関しては、患者の評判も経営状態も、お義兄さんよりよっぽど詳しいもんね」

「ねえ、待って。もしかしてこの写真、ウチの病院じゃない？」

二人のやり取りを遮るように、結花が声を上げた。

「そうよね、美桜」

「ほんとだ……」

有坂大学病院の病棟建物と、病室の写真が投稿されている。

「ハッシュタグが『都内』『大学病院』なんで、検索に引っ掛かったんですよ！」

可南子さんが病室の写真をタップして大きく表示させた。

「患者が見切れてるけど、入院中に撮った写真よね。どこの病棟かしら」

白い壁の部屋。患者用ベッドと収納棚。カーテンを全開にした窓が写っている。一見、どこにでもありそうな内装と備品だが、既視感があった。

「この部屋はたぶん、外科病棟の個室……七〇一A室かな」

私が特定すると、結花が驚いた顔になる。

「七〇一Aって、東側にある個室よね。どうして分かったの？」

「なんとなくだけど。窓の景色に見覚えがあるし、角度的にそうかなと思って」

「すごーい、美桜ちゃん。見ただけで部屋番号が分かるなんてヤバくない？」

興奮する可南子さんに、良希さんが自慢げに教えた。

「有坂大学病院の外科病棟は、看護師だった美桜のホームグラウンドだよ。病室の特定くらい朝飯前さ。なっ、美桜」

「あ、朝飯前って、私は別にそんな……」

「そっかあ、美桜ちゃんは元外科病棟のナースだもんね。さっすが、お義兄さんの奥様って感じ！」

大げさな言い方をされて、私はかえって恥ずかしくなる。それに、みんながいるのに遠慮なく見つめてくる良希さんにも困惑した。

「ところで、この写真がどうかしたの？　入院患者が病室をアップするなんて、今時珍しくもないけど」

オロオロする私を見かねたのか、結花が話を戻してくれた。良希さんもスマホに視線を移したのでホッとする。

（ありがとう、結花）

目で合図する私に、彼女が瞬《まばた》きで応える。学生時代から変わらない二人のサインだ。

やっぱり結花は一番の親友。一番の理解者である。

「あっ、違う違う。写真はともかく、問題なのはつぶやきなんです！」

可南子さんが画面をスクロールすると、一つ前に文章だけの投稿があった。

【Y・M先生と結婚するのは私のはずだった　結婚詐欺！　彼女はニセモノ　絶対に許さない！　#都内　#大学病院】

「どういうこと？」

結花と一緒に私も首を傾げる。だけど、イニシャルを見直して「あれっ」と思う。

「まさかと思ったけど、写真が外科病棟ってことは……やっぱり」

可南子さんが険しい顔つきになり、良希さんをキッと睨み付けた。

「これって、お義兄さんの元カノだよね」

「はあ？　どういう意味だ」

「だって、お義兄さんのイニシャルじゃん。他にY・Mの先生がいる？　病院のサイトで調べたけど、少なくとも外科にはいなかったよ」

「なんだって？」

可南子さんからスマホを受け取り、良希さんが投稿内容をじっくりと見直す。

「確かに、外科医局でイニシャルがＹ・Ｍなのは俺だけだが……」

ハッとした顔になり、私を見た。あまりにも真剣な表情なのでドキッとする。

「美桜、俺は潔白だ。まったく身に覚えがない。信じてくれ」

「は、はいっ」

可南子さんが突然現れた理由が明らかになった。つまり、ＳＮＳに良希さんの元カノを匂わせるアカウントを見つけて、慌てて報告に来たのだ。

「美桜の他に結婚を約束した女性などいない」

「えぇー、どうだかなあ。お義兄さんって独身の頃からモテモテだもんねー」

「おい、可南子。いいかげんにしろ」

良希さんが厳しい声で言うが、可南子さんは意に介さない。

「だってホントのことじゃん。いくらモテるからって、美桜ちゃんと付き合いながらフタマタかけるなんて……」

「ちょっと、やめなさいよ！」

可南子さんの言葉を、結花の鋭い声が遮った。

「憶測で物を言わないでください。先生にも美桜にも失礼です」

ビシッと注意されて、可南子さんは気まずそうにした。

「ごめんなさーい。美桜ちゃんが心配で、ついムキになりました。許して、美桜ちゃん」

「えっ？　いえ、あの……私は大丈夫だから」

可南子さんは私のために怒ったのだ。でも、良希さんの前でどう反応すればいいのか分からず、まごついてしまう。

「落ち着いて、まずは真偽を明らかにしましょう」

結花が場を仕切り、ＳＮＳの検証を始めた。第三者の立場である彼女は冷静だ。ここにいてくれて良かったと心から思う。

私も結花も自分のスマートフォンを手に持ち、＠ブラックローズのメイン画面を表示させた。

「利用開始日は昨日。新しいアカウントですね。ヘッダーとアイコンがデフォルトのままだし、プロフィールも空白になってる。フォローフォロワーともにゼロで、今のところ共有も評価もありません」

「投稿は二つのみか」

「昨夜の夜十一時頃に投稿したようです」

結花の確認を受け、良希さんがスマートフォンを操作して電話をかけた。

私たちは口をつぐみ、彼の真剣な表情を見守る。スマホから漏れる声で、応答したのが有坂大学病院外科病棟の看護師長だと分かった。

「お疲れ様です。一つ確認してほしいことがあって……」

短いやり取りのあと、すぐに結果が出た。師長は病棟の入院患者をすべて把握している。

「七〇一A室の患者が分かったぞ」

「誰ですか？」

通話を切った良希さんを、皆が一斉に注目する。

「名前は菊池大悟郎《きくちだいごろう》。胃潰瘍《いかいよう》の手術後、個室に入った患者さんだ」

「えっ？　だ、大悟郎……さん？」

男性の名前である。ぽかんとする私を見て、良希さんが肩をすくめた。

「六十五歳の男性だと。ちなみに、水元チームの担当患者ではない」

「ええーっ、男の人なのお？」

可南子さんが拍子抜けしたように言う。一瞬、つまらなそうな顔に見えたのは気のせいだろうか。

「もしかして拾い画かしら。ブログに病室の写真をアップする人、結構いますから」

結花が写真を見直し、推測を述べた。

「いずれにしろ、この写真はフェイク。悪質な嫌がらせだ」

一体、誰がそんなことを。不安を感じながら、ブラックローズの投稿文をもう一度読んだ。Y・Mが良希さんのことなら、彼と結婚した私も嫌がらせの対象である。

「美桜」

良希さんに耳もとで呼ばれ、パッと顔を上げた。

「心配するな。こんな根も葉もないでたらめ、すぐに削除させる」

「えっ、削除を？　でも、もし逆切れされたら」

怯える私に、良希さんが微笑む。

「運営に削除申請するんだ。応じなければ、弁護士を通して情報開示を求める」

「それって、投稿者を特定するってこと？」

可南子さんの問いに良希さんがうなずくのを見て、結花がうーんと唸《うな》った。

「でも先生、情報開示は簡単じゃないって聞きますよ。法律が改正されて、手続きがスムーズになったみたいだけど、時間もコストもかかるだろうし。それに、あまり大ごとにすると、美桜が嫌な思いをしませんか？　投稿者の悪意が直接向けられたら」

「ですよね？　ヤバいやつみたいだし、やめといたほうがいいよ！」

「ヤバいやつだからこそ毅然《きぜん》と対応するんだ」

良希さんがいきなり私の手を取り、ぎゅっと握りしめた。

「誰が相手だろうと、美桜は俺が守る」

「良希さん……」

力強い言葉と手のひらにドキッとする。状況を忘れてフワフワした心地になるが、可南子さんの甲高い声に引き戻された。

「夫が妻を守るのは当然でしょ。ていうか開示請求したら、やっぱりお義兄さんの元カノだったりしてー」

「なんだと？」

良希さんが険しい顔になる。可南子さんにそのつもりがなくとも、今の発言はほとんど挑発だ。彼女はスマホをテーブルに置くと、勢いよくソファを立った。

「だってそうじゃん。啓二さんが言ってたけど、お義兄さんの歴代彼女って、みーんな美人で、モデル並みにスタイルがよくて、その上高学歴の才色兼備なんでしょ？でも、そういう人たちってプライドが超高いから、お義兄さんに振られたことを、ずーっと根に持ってるんじゃないの」

「おい、可南子」

早口でまくしたてる彼女に、良希さんがストップをかけた。

「適当な話をするな。元カノとは全員きれいに別れたし、俺が振られたことだってある。根に持つようなやつはいないよ」

良希さんは大真面目だが、可南子さんはそっぽを向き、まともに聞いていない。

「大体、啓二は俺が誰と付き合おうと無関心だったぞ」

「そんなことないもーん。お義兄さんが知らないだけで、啓二さんはいろいろと気にしてたし、昔も今も大変なんだから！」

なんだか話がずれてきたような。私が取りなそうとして腰を浮かせると、結花がさっと立ち上がった。

「可南子さん。あなたは一体、なにが言いたいの？」

「だから、お義兄さんの元カノが……ひえっ？」

結花に詰め寄られ、可南子さんがあとずさりする。結花の鋭い目つきが、彼女を責めていた。

「憶測でものを言わないでくださいと、お願いしましたよね？」

「だ、だって、お義兄さんが……」

結花の迫力に気圧され、さすがの可南子さんもたじろいでいる。私はハラハラするが、結花の怒りオーラがすごくて近づけない。

「わ、私だって、美桜ちゃんのことが心配だから、いろんな可能性を考えてるんです！　美桜ちゃんなら分かってくれるよね？」

「えっ？　そ、それは……」

可南子さんが目をうるうるとさせて、私に助けを求める。信じてあげなければ悪い気がして、こくりとうなずいた。

そのとき、微かに聞こえたのは結花のため息。美桜のお人好し！　と、呆れているのだ。彼女が可南子さんを責めたのは、私のためだから。

良希さんがソファを立ち、ドアを指差した。

「可南子、今日はもう帰ってくれないか。お前がいると話がややこしくなる」

「どうして？　いやだよ。せっかく大スクープを報告したのに」

「大スクープって……その言い方がふざけてるんだ。面白がってるのか？」

可南子さんが傷ついた顔になり、声を荒らげた。

「なによ、私の気も知らないで。お義兄さんなんか、美桜ちゃんに離婚されちゃえ！」

涙をぽろぽろとこぼし、スマホをつかんでバッグに放り込むと、出ていってしまった。

「あっ、可南子さん」

「追わなくていい。いつものわがままだ」

良希さんが私を引き止め、結花もゆるゆると首を振った。

「でも、あんなに泣いて……」

「家に着く頃にはけろっとしてるさ」

良希さんがそう言うならとソファに座るが、やっぱり、ちょっとかわいそうに思えた。不穏なアカウントを見つけて、わざわざ知らせてくれたのに。

「分かったよ。一応、実家に連絡しておく」

「うん、ありがとう。お願いします」

スマートフォンを操作しながら良希さんが部屋を出た。

結花と二人きりになると部屋が急に静かになり、なんだか少し気まずい。しばらく黙っていたが、結花のほうから口を開いた。

「先生の身内とは思えない、強烈な義妹さんね。にしても、ずけずけとものを言いすぎよ。美桜の前で元カノの話なんて」

自分のことのように怒っている。そんな結花に相槌《あいづち》を打ちながら、思うことがあった。可南子さんの言い分を頭から否定できるのか、と。

良希さんは魅力的な男性だ。別れた女性たちに未練を持たれても不思議ではない。そして、元カノたちが才色兼備というのも事実だろう。可南子さんは義妹であり、良希さんの恋愛事情をよく知っているのだ。

記憶喪失の私よりも、ずっと。

「気にしちゃダメだよ、美桜。先生の前では言えなかったけど、可南子さんって馴れ馴れしいを通り越して、無神経な感じがする。あの紫陽花だって、どういうつもりなんだか」

「紫陽花？」

「玄関にある鉢植えよ」

可南子さんが新築祝いにくれた花のことだ。

「紫陽花って土壌のｐＨによって色が変わるよね。花言葉も『移り気』とか『浮気』だし、そんな縁起でもない花を贈るのはどうかと思うわけ。ましてや結婚したばかりのあんたに」

なるほど。だから玄関で鉢植えを見たとき、結花が不思議そうに首を傾げたのだ。

特にコメントしなかったのは、私への気遣いである。

「ありがとう、結花。でも、花言葉を気にするのは、異性にプレゼントする場合じゃないかな。これは新築のお祝いだし、可南子さんはただ、私が花を好きだから贈ってくれたんだと思う」

良希さんの義妹だから庇《かば》うわけではない。贈り物に花を選ぶ人を悪く言いたくなかった。

「だけど美桜。可南子さんは先生の元カノを犯人扱いして、あんたを不安にさせたよね。それに、元カノが美人だの高学歴だの、わざわざ言う必要なくない？　てことは、虎《とら》の威《い》を借るマウントってやつよ。妻である美桜への当てこすり。ネガティブな意味で紫陽花をくれたとしか思えないわ」

「そ、それはさすがに、考えすぎじゃないかな」

結花は可南子さんを好きではないらしい。悪いほうへとバイアスがかかっている。

「水元先生の身内にこんなこと言いたくないけど、気を付けたほうがいいよ」

「え……どうして？」

結花がテーブルに身を乗り出し、声をひそめた。

「可南子さんが最後に言った、『お義兄さんなんか美桜ちゃんに離婚されちゃえ』って言葉。あんがい本気かもしれない」

「まさか」

私は否定しようとするが、結花はなお言い募る。

「SNSも自作自演の可能性があるわ。@ブラックローズは、彼女が作ったアカウントかも」

「ええっ？　なんのためにそんな」

結花は苛立《いらだ》ったようにテーブルを叩いた。

「だから、あんたたち夫婦を不仲にして、別れさせるためよ。元カノのせいにするのはミスリードで、実は可南子さん自身が犯人ってこと。彼女は先生のことを……」

廊下から足音が聞こえた。結花が言葉を飲み込むと同時にドアが開く。

「お袋に電話したよ。可南子が帰ったら適当に慰めてやってくれと、頼んでおいた」

良希さんが戻ってきて、私の隣に座った。

「ん？　どうした二人とも。なにかあったのか」

微妙な空気を感じ取ったようで、私と結花を交互に見てくる。私が答えようとしたが、結花のほうが早かった。

「いいえ、別になんでもありません。そろそろお暇《いとま》しようかなって、話してたんです。ねっ、美桜」

「う、うん」

結花がバッグを持ってソファを立つ。本当に帰るつもりらしい。

「もう帰るのか。近くに美味い店があるから、案内するつもりだったが……」

「すみません、午後から予定があるので。また今度、よろしくお願いします」

「そうか。もともと午前中だけの約束だもんな。しかし今日は悪かったよ。可南子のやつがいきなり割り込んできて、じゃまをしてしまった」

「とんでもない。私のほうこそ、失礼な態度をとってしまいました。可南子さんに、申しわけありませんでしたとお伝えください」

可南子さんへの感情を抑え、そつなく挨拶する結花に感心した。それに比べて私は、なんだか落ち着かない。

「分かった。今度会ったら伝えておく」

良希さんが先頭に立ち、三人で玄関へと向かった。

「美桜、さっきの話だけど」

結花が私に寄り添い、そっと耳打ちする。

「あれ、マジだからね。可南子さんにはじゅうぶん気を付けなさいよ」

「う、うん……」

一応、返事をした。さっきの話というのは、可南子さんが良希さんのことを……

「水元先生、おじゃましました。またね、美桜」

「うん、また会おうね」

門扉まで結花を見送ったあと、玄関に戻った。

「可南子の襲来は予定外だったが、吉村さんが来てくれて良かったな」

「はい。楽しかったです」

紫陽花の鉢植えをちらりと見やる。花を贈ってくれた人を悪く思うのは嫌だ。なのに、心がモヤモヤとして、あっという間に暗雲が立ちこめる。

「どうかしたのか？」

「う、ううん。なんでもない」

私と可南子さんは気が合うみたいだと良希さんが言った。でも、だんだん分からなくなってきた。もとより私は、私自身が彼女をどう思っていたのか覚えていない。結花にあれこれ指摘されても平気なふりをした。だけど実のところ、傷ついていたのかもしれない。

可南子さんの言葉や、態度に――

その夜。夕食を済ませたあと、映画鑑賞でもしようと良希さんが提案した。サブスクで新作が配信されたらしい。

「二人で観に行った映画なんだぞ。美桜がすごく感動して、DVDが出たら絶対買うって宣言してたなあ」

「そうなんですか？」

海外のロマンス小説をベースにした恋愛映画らしい。身分違いの二人が、困難を乗り越えて結ばれるラブストーリーである。

「すっかり忘れてるけど、確かに面白そうです」

「本人が感動したんだから、間違いないよ」

ソファに並んで座り、笑い合った。

「あのさ、美桜」

リモコンをテーブルに置き、良希さんがこちらを見た。

「これは、言いわけってわけじゃないが……SNSとか元カノとか、可南子がいろいろ喋ってたけど、心配しないでほしい」

突然持ち出された話題にドキッとする。結花が帰ってから、まったく口にしなかったのに。

「確かに俺は、何人かの女性と付き合ってきた。だが、結婚を約束したのは美桜だけだ。医学の神に誓ってもいい」

「い、医学の神様……？」

ギリシア神話のアスクレーピオスだろうか。しかし、そんな返しをする雰囲気ではない。良希さんは大真面目である。

「SNSが誰の仕業なのか、正直見当もつかない。だが、今後も続くようならきっちり対処する。俺を信じてくれ、美桜」

強く抱きしめられた。熱い身体から、必死な思いが伝わってくる。

「よ、良希さん……ちょっと、苦しいです」

「あっ、ああ、すまない」

すぐに解放されたが、まっすぐな眼差しはぶれない。いたたまれなくなるほど、真剣に見つめてくる。

「分かってくれるか」

「はい、もちろんです。私はあなたを、信じてる」

そう、良希さんのことは信じられる。私がずっと憧れていた、尊敬する水元先生だから。この人は女性にモテるけれど、不実なことは絶対にしない。

「美桜」

「え？　……きゃっ」

ソファに押し倒された。良希さんの顔と身体が、真上から被さってくる。

「ああっ、あの……ちょっと待ってください」

「待てない。俺の気持ちを、もっとしっかり伝えたい」

「でも……んっ」

唇が重なった。身体を押し返そうとするけれど、なぜか指先から力が抜けてしまう。

初めての口づけ。いや違う、私はこれまで何度も、彼とこうして唇を重ねている。

（良希さん……）

柔らかくて、温かな感触を覚えている。

いつしか私は、彼の首に腕を回していた。なにか考えようとしても、思考が遮断される。あまりの気持ち良さに、身体の奥が痺《しび》れて、どうしようもなかった。

「美桜……映画はあとだ」

ふわりと身体が浮く。良希さんが軽々と私を抱き上げていた。

「ベッドに運ぶぞ」

「よ、良希さん。でも、私……」

急激な展開に戸惑うけれど、上手く言葉にできない。彼のキスはまるで媚薬《びやく》だ。免疫ゼロ状態の私には危険すぎて、怖い。

「大丈夫。君のことは知り尽くしてる」

意味深なセリフに耐えられず、彼の胸に顔を埋めた。表情を見られたくなかった。

「……ったく、可愛すぎるだろ。もう、いっそのことソファで」

良希さんの息が荒くなったそのとき、着信音が鳴り響いた。このメロディーは、彼の仕事用のスマートフォンである。

「くっ……」

悔しそうなうめき声が聞こえて、そっと顔を上げる。良希さんが唇をかみしめ、つらそうな顔をしていた。

「よ、良希さん。あの……電話が」

「楠木教授だ。あの堅物先生……まったくもう」

良希さんが大きく息をつき、私をゆっくりとソファに下ろす。リモコンの横に置いたスマートフォンを取り上げると、深呼吸してから応答した。

「水元です。どのようなご用件でしょうか」

事務的な口調が彼の心境を表す。私に済まないと合図してから、廊下に出ていった。

「……びっくりした」

あり得ないほど鼓動が速い。ソファに身を投げ、乱れた息を整える。

しばらくそうしていると、階段を上っていく足音が聞こえた。論文の話だろうか。

楠木教授との電話は長引きそうだ。

「どうしていきなり、あんなこと……」

キスをしたからだと思い至り、熱くなる頬を押さえた。あの口づけが、彼の理性を吹き飛ばしたのだ。そして私の理性も。

不思議な現象だった。元カノとか、可南子さんとか、すべてのモヤモヤが消えている。あまりにも単純すぎて、我ながら驚いてしまう。

「ええと。あっ、そうだ!」

じっとしていられず、キッチンに移動した。別のことをすれば落ち着くだろう。そわそわする心と身体を、どうにかしたかった。

気を紛らわすため、手作りチョコレートの材料を確認することにした。

明日はバレンタインデー。材料は買ってあるので、午前中に作る予定でいる。チョコレートの種類は、トリュフ、ケーキ、マカロン。あれこれ迷った末、ハートの型抜きチョコに決めた。シンプルなぶん、デコレーションを凝ったり、メッセージを添えたりできる。

収納棚からデパートの紙袋を取り出し、中身を確認した。

「板チョコとココアパウダー、ペンシルが三色……よし、準備オッケー」

紙袋を棚に戻そうとして手を止めた。よく見ると、奥にもう一つ紙袋が入っている。奥行きのある棚なので気づかなかった。取り出してみると、これもデパートの紙袋だ。他に買い物をした覚えはないが、とりあえず中身を確認した。

「板チョコとココアパウ……ええっ？」

まったく同じ材料が入っている。まさか、間違えて二回買ったとか？　でも、私は記憶喪失だけど、物忘れの症状はないはず。

もしやと思い、二つ目の紙袋をがさがさと探った。

「あった！」

袋の底にレシートを見つけた。日付は今年の二月一日。バレンタインフェア特設会場と印字されている。記憶喪失になる三日前の日付だ。

チョコレートを手作りするつもりで、材料を買っておいたらしい。

覚えがないのは記憶喪失のせいだと分かりホッとするが、まったく同じものを買うとは、我ながらビックリである。

「?」

ふと、違和感を覚えた。記憶を失くす前の私も、良希さんに手作りチョコをプレゼントするつもりだった。それならなぜ、高級チョコレートを買ったのだろう。

良希さんの他にチョコレートを贈る相手などいないはずなのに。

しばし考え、ある人物の顔がぱっと浮かんで思わず声を上げた。

「そうか、お父さんだ」

私は毎年、父にバレンタインチョコを贈っている。日頃の感謝を込めて、ちょっとした恩返しのつもりで。今の今まで、すっかり忘れていた。

「でも、いつもは千円くらいの普通のチョコなのに。今年は奮発したのかな?」

よく分からないが、高級チョコは失くしてしまったので、父のぶんは買い直しだ。

今度実家に帰るとき、同じくらい高級なお菓子を買っていこう。というより、一度電話してみようかなと思った。記憶を失って以来、考えることがありすぎて父の存在をすっかり忘れていた。私の状態については良希さんが連絡してくれたが、きっと心配している。チョコレート紛失といい、つくづく親不孝な娘である。

紙袋を片付けてからリビングに戻り、父に電話をかけた。すぐに元気な声が聞こえて、私はホッとしながら近況報告した。

『そうか、そうか。元気そうでなによりだ。良希君が心配いらないと言ってくれたが、近々見舞いに行こうとしてたんだよ』

かなり安心したようで、父は嬉しそうに笑った。

『傷が治って、あとは記憶だけってことか。それなら、家の中ばかりじゃ気が滅入《めい》るだろう。良希君と旅行でもしたらどうだ』

旅行——心配性の父らしからぬ、思い切った提案である。

『もちろん体調が良ければの話だが……例えば、思い出の場所を旅するのはどうかな。と言うのも、お父さんも最近、あちこち出かけてるんだ。若い頃に、お母さんとデートした公園とか』

「そ、そうなの？」

親が『デート』なんて言うと、こちらが照れてしまう。

「知らなかった。お父さんって、意外にロマンチストなんだね」

『いやいやそうじゃなくて、懐かしい気持ちに浸れるんだ。忘れていたことも、鮮やかに思い出したりしてな』

「ふうん」

そういうものかしら。半信半疑だが、悪い提案ではないと思った。

「でも、良希さんは仕事が忙しいし、私のことで、これ以上負担をかけられないよ」

『忙しいからこそ、そういった時間が必要だと思うぞ。良希君も気分転換になるんじゃないか？』

「うーん……」

確かに気分転換は必要だ。ただでさえ忙しいのに、私がこんな状態だからストレスが溜まるだろう。いくら大らかな良希さんでも、いつか限界がくる。

それに、二人で旅行してのんびりできるとしたら、私も嬉しい。

「そうだよね。良希さんに提案してみる。ありがとう、お父さん」

『なにごとも明るく、前向きに考えるんだぞ。くれぐれも無理しないようにな』

電話を切り、ソファに横たわった。

忘れていたことも鮮やかに思い出す。例えば、良希さんと旅した場所に行けば、それをきっかけに、プロポーズの言葉や、結婚に至る様々な記憶が蘇るかもしれない。

幸せな予感に浸るうち、なんだか眠くなってきた。今日は結花が来て、可南子さんが来て、刺激的なことがたくさんあったし、身も心もエネルギーが尽きたらしい。

良希さんはまだ下りてこない。論文の仕事が忙しいのだ。

旅行に行きたいけど、誘ってもいいのかな。二人のために、よく考えようと思った。

第六章　ブラックローズ　～良希～

今朝、美桜がうなされる声で目が覚めた。慌てて起こしたが、彼女は俺の胸にしがみ付いてきて、しばらく震えていた。

ひどく怯えた様子から察することができた。また、例の夢を見たのだと。

「この前より、もっと怖かった。魔女が私を捕まえて、首を締めてくるの。それから、許さない、許さないって、叫び続けて……雪がたくさん降ってた。押しのけようとしても力が入らなくて、そのうち全身が凍り始めて、魔女が笑うのが分かった。暗くて顔が見えないのに、なぜか分かったの……良希さんが起こしてくれなかったら、私、殺されてたと思う。本当に……」

美桜の肩を抱き寄せ、もう大丈夫だと耳もとに囁く。隣に座る女子高生がチラチラと見てくるが、気にしない。恐怖のあまり話せなかった夢の内容を、ようやく打ち明けてくれたのだ。今は全力で彼女を守りたい。

「ごめんなさい。せっかく良希さんに付き添ってもらったのに、北野先生には悪夢を見たとしか言えなくて。診察の意味がないですよね」

「大丈夫、北野には俺から話しておくよ。それに、今日はもともと資料の返却に来る予定だったんだ。外来も休みだし、仕事に影響ないから心配するな」

美桜は小さくなりながらも、素直にうなずく。可愛くて抱きしめそうになるが、さすがに自重した。

ここは三日月市総合病院の会計ロビー。診察を終えた患者が長椅子に座り、支払いの順番を待っている。美桜もその内の一人であり、俺は付き添いだ。

「それより、帰りが心配だな。本当に一人でも平気か？」

「はい、大丈夫です。良希さんに話を聞いてもらって落ち着きました。よく考えると、夢に怯えるなんて変ですよね。小さな子どもみたい」

「そんなことないさ。大人になっても怖いものは怖い。ましてや美桜は怪我をしたばかりで、不安定な状態なんだから」

しばらく待つと、美桜の受付番号がモニターに表示された。会計を済ませたあと、タクシー乗り場まで見送る。

「俺は資料を返してから大学病院に戻るよ。今夜は早めに帰るからな」

「ありがとう。でも、無理しないでね」

「ああ。それと、美桜……」

俺は少し迷った。こんなことを言えば、かえって不安にさせるかもしれない。だが、やはり言うべきだ。

「分かってると思うが、例のSNSをチェックしないこと。あんなのは全部でたらめなんだからな」

「えっ？　はい、もちろん」

微かに動揺した。やはり気にしているようだ。

「あと、家に入ったら戸締まりをしっかりするんだぞ」

「う、うん」

今度は戸惑っている。子どもじゃないのだから当然の反応だ。しかし、俺は美桜を守りたい。思い過ごしだろうと彼女に用心してほしい。

「じゃあ、気を付けて」

彼女を載せたタクシーが去ると、俺は急いで中に戻り、資料を返却してから北野の診察室へと向かった。そろそろ午前の外来が終わる頃だ。

北野は応接スペースで休憩していた。

俺を見ると無言で椅子をすすめ、コーヒーを入れてくれた。

「悪いな、休憩中に」

「構いませんよ。美桜さんが、夢の話をされたようですね」

「あ、ああ。分かるか」

「一目瞭然です」

俺の表情から用件を察したらしい。

北野はノートパソコンを開いて、俺の話を打ち込む。

「どう思う？」

主治医の意見を伺う。前回の見立てどおりなら、相談することがあった。

「推測の域を出ませんが……悪夢の原因は実際の体験かもしれない。しかも、かなりの恐怖体験です」

「恐ろしさのあまり、記憶に蓋をしたってことか」

「ええ、自己防衛的に。記憶喪失に関係あるとしたら、『魔女』が誰なのか突き止める必要があります。不安を排除するために」

北野は心療内科の受診をすすめた。

「心理の専門家と連携して治療を行います。身体と心、どちらに原因があるのか明らかにしましょう」

「分かった。それでな、北野。相談したいことがあるんだ」

治療に入る前に話しておきたい。俺なりに考えたことだ。

「それこそ推測の域を出ないかもしれないが」

「いいですよ。お聞かせください」

北野はコーヒーを片手に、ゆったりと構える。冷静な態度がありがたかった。

「この前、清流公園に寄ってみたんだ。ちょうど雪が降ってたし、美桜の足取りをたどるつもりで。そのとき、こう思ったんだよ」

いくら散歩好きでも、こんな寂しい場所に一人で来るだろうか。しかも雪の降るような寒い日の夕暮れ時に。疑問に感じたことをありのまま伝えた。

「つまり、誰かと一緒だったのでは。そういうことですか？」

俺がうなずくと、北野が深刻そうに眉根を寄せた。

「その誰かが『魔女』……美桜さんは魔女に追いかけられて階段から落ちた。もしそうなら、事故じゃなく事件になりますよ？」

いささか突飛だが、あり得ない話ではない。

「魔女に心当たりでも？」

俺はスマートフォンを取り出し、例のＳＮＳを北野に見せた。

「ブラックローズ……これはまた意味深な」

「この『許さない』という言葉が、悪夢に登場する魔女を想起させるんだ」

北野がカップを置いて、俺のスマホを手にした。

シルバーフレームの眼鏡がよく似合う、端整な顔立ちを見守る。第三者の客観的な意見を聞きたかった。

「水元先生。一つ、お訊ねしてもよろしいですか」

「ああ、もちろん。なにか気づいたのか」

スマホから顔を上げ、北野がまっすぐに見てきた。

「ここに書かれた内容は事実無根ですね？」

「当たり前だ。俺が結婚を約束した女性は美桜だけ。他の女性にプロポーズしたり、匂わせたこともない」

きっぱり答えると、北野は俺にスマホを返し、神妙な口調で意見を述べた。

「名前ではなくイニシャル。あと、投稿を二つに分けてあるので特定がし難く注目度も低いですが、見る人が見ればY・Mが水元先生を指すことが分かります。そして、詐欺という言葉が名誉を棄損している。拡散は免れたものの、公然と適示された状態ですよね。ブラックローズが誰なのか、早急に突き止めるべきだと思います」

「そうだな。俺も考えている」

意見の一致を得て、俺はスマホのメモアプリを開いた。

「写真の部屋は外科病棟の七〇一A室だ。拾い画かもしれんが、一応過去の入院患者を調べてみた。結果、それらしき人物は見つからなかったよ」

「やっぱり拾い画ってことですか……ちょっと待ってください」

北野がノートパソコンを操作し、なにやら作業を始めた。静かな部屋にキーを叩く音が響く。

「ヒットしましたよ」

パソコンの画面をこちらに向けた。表示されたサイトを見て、思わず声を上げた。

SNSの投稿とそっくり同じ写真を載せている。

「個人のブログサイトです。プロフィールによると、ブログ主は都内在住の二十代男性。バイク事故による腹部外傷のため、有坂大学病院で手術を受けたとあります。日付は二年前の十二月三十日。ブラックローズはこのブログの写真を拾い、SNSに使ったのでしょう」

「どうして分かったんだ」

呆気《あっけ》に取られる俺に、北野がさらっと答える。

「まず画像検索して、適当なタグを打ち込んで絞り込みました。特徴のない写真なのでダメ元でしたが、近頃のAIは優秀ですね」

それにしても、あっという間だった。慣れた調子でサイトを特定する後輩が少し怖くなるが、今時は普通なのかもしれない。ネットは便利だが恐ろしいツールでもある。

「ブラックローズは入院患者を装っただけのようです」

SNSの写真は拾い画だった。しかし、それが分かったところで意味がない。ブラックローズは依然として正体不明のままだ。どこの誰かは知らないが、ブラックローズは実在する。北野と話すことで、仮説の信憑性《しんぴょうせい》が増した。

「あの日、美桜は襲われたのかもしれない。魔女……ブラックローズに」

「そして、恐怖のあまり記憶を失った」

信じたくない話だが、辻褄《つじつま》が合う。

「美桜さんは、魔女に呼び出されて公園に行ったのでしょう」

「そう考えると説明がつく。あんな日に、わざわざ散歩するなど不自然だからな」

「となると、魔女は美桜さんの顔見知り。スマホの通話履歴を調べるべきです」

北野の指摘は正しいが、どうにも解せなかった。

「誰なのか見当もつかない。美桜と顔見知りの元カノなんていないぞ」

「元カノとは限りませんよ。なにしろ水元先生は、女性に人気がありますから。病院スタッフから患者まで、すべての女性が容疑者と言えますね」

「はあ？」

今の発言は心外だ。俺は誰にでも愛想をふりまくような、軽い男ではない。

「あなたにその気がなくとも、ちょっと優しくされただけで勘違いする女性がいるのですよ。ブラックローズはそういった女性の一人なんです、きっと」

「そんなバカな。勝手な思い込みで美桜に手を出すなんて、お門違いだろ。大体、なんで恨みの矛先が俺じゃなくて美桜なんだ」

「あなたを奪った美桜さんが憎いのです。むろん、ブラックローズの思い込みですが、もし推測どおりなら傷害事件ですよ」

北野が前のめりになり、目を光らせる。

「水元先生。いきなり警察に行っても相手にされません。まずは弁護士に相談してみましょう。僕が思うに、ブラックローズの投稿は権利侵害に当たります」

「それなら既に手を打ってある。弁護士に相談済みだ」

「なるほど、さすがですね。しかし、こういった案件は専門家に相談するのが近道ってものです。水元家の顧問弁護士は専門外ではありませんか？」

「まあ、そうだけど……」

顧問弁護士によると、SNSの投稿者特定は、場合によってはかなり時間がかかるらしい。確かに、ネット専門の弁護士なら慣れているだろうし、迅速に動いてくれそうだ。

「僕の知り合いに、IT問題に強い弁護士がいます。よろしければ紹介しますが」

「そうなのか？」

意外なツテだが、北野の紹介なら間違いないだろう。

「美桜のためにも、悠長に構えていてはダメだな」

俺が同意すると、北野は早速弁護士に電話を入れてアポを取ってくれた。

「アカウントを知らせておきました。詳しくは事務所で相談してください」

「ありがとう、北野。助かったよ」

それにしても、なぜここまで親切にしてくれるのか不思議だった。他人の面倒ごとに首を突っ込むタイプではないのに。

コーヒーの残りをすする北野に、それとなく訊ねてみる。

「美桜さんの主治医として、当然のことです。それと……」

少し間を空けてから、ぼそぼそと答えた。

「女性の心理というものを勉強したいのです。先日、また見合いに失敗したので」

「えっ？」

思わぬ方向へと話題がシフトした。同情を顔に出さないよう努力しつつ、急いで励ましの言葉を探す。

「そ、そうだったのか。まあ、見合いなんて縁だから、気にすることないだろ。しかし女性の心理と言っても、ブラックローズは特殊なタイプだし、勉強になるかなあ」

「勉強になると思います。むしろ、とても参考になるかと」

どういう意味だ。北野の感情が読めず、俺は口をつぐむ。

「見合いの席ではにこやかなのに、断ってくる女性の心理が分からないのです。その心理を読み解けば、見合いが成功すると思いませんか？」

「あ、ああ、そういうことか。なるほど」

北野は真剣だ。たぶん、逆らわないほうがいい。

「表と裏、裏と表。ふふ……ブラックローズも、美桜さんの前ではにこやかにしている誰かかもしれない。複雑な心理がそこにある。僕は参考にしたいのです」

（こ、この男。俺たちの問題を、見合いの参考に……）

断られる原因はそういうところだ――と言ってやりたいが、ぐっと我慢する。理由がどうあれ、北野が親身になってくれるのはありがたい。

「ところで、水元先生に一つ提案があるのですが」

北野は医者の顔になった。

「悪夢は不安の表れ。美桜さんが少しでも安眠できるよう、気分転換なさってはいかがですか。例えば、お二人で旅行に出かけるとか」

不安を紛らわせて悪夢を遠ざけるってことか。それにしても、えらく楽天的な提案に聞こえた。

「旅行って……そんな場合じゃないだろ」

「ブラックローズの問題は弁護士に任せて、ゆったりしてください。それとも、仕事がお忙しいのですか？　美桜さんをないがしろにするほど大事な仕事ですか」

分かったようなことを言われて、かちんときた。

「仕事はどうとでもなる。美桜のためなら、いくらでも休暇を取るよ」

「それなら、連れ出してください。環境を変えて、リラックスさせるのです。不安が解消されたら記憶が戻るかもしれない。そうすれば、すべて明らかになります。雪の公園で、誰と会っていたのかも」

北野が言わんとすることをようやく理解できた。目先の問題に囚われ、基本的なことを忘れていた。

「転地療法みたいなものか。よし、検討してみる」

「ぜひ、そうしてください」

北野にあらためて礼を言い、部屋を出た。

「仕事のできる男だ」

後輩に感謝しつつ、提案について考える。美桜と旅行。考えてみれば、俺にとっても嬉しい提案だ。

初めて彼女を抱いたのは旅先だった。あの感動を再現できるかもしれない。昨夜はキスまでいった。その先は教授にじゃまされたが、旅先ならきっと、今度こそムードを盛り上げて……

美桜を思うだけで、こんなにも胸が高鳴る。俺はもう、どうしようもないほど彼女に夢中なのだ。

「ブラックローズが誰であろうと、美桜は俺が守る」

決意を口にし、意気揚々と廊下を進んだ。

第七章　パズルのピース　～美桜～

今日はバレンタインデー。去年の記憶がないので、私にとって初めて迎えるイベントである。

病院から帰ったあと、ハートの型抜きチョコレートを手作りした。シンプルなチョコだけど、喜んでくれるだろうか。

ダイニングの椅子に座り、ラッピングしたチョコをしげしげと眺める。きれいにデコレーションして、チョコペンでメッセージも添えた。イメージどおりの贈り物が完成したと思う。ちなみに、ダブった材料は試作品に使って、自分のおやつにした。

なんだかドキドキしてきた。好きな人にチョコを渡すなんて何年ぶりだろう。落ち着かず、椅子を立ってウロウロする。手渡す練習をしてみるが、どうにも照れてしまう。でも、仕方ないと思った。

私は良希さんに恋してる。初めてじゃなくても、こんな風にときめくのだろう。何年経っても、変わらずに。

「どうしたんだ、ぼんやりして」

「きゃっ！」

驚きのあまりチョコレートを落とすところだった。振り向くと、いつの間にか良希さんが立っている。

「おっ、お帰りなさい。早かったですね」

「うん。早めに帰るって言っただろ？」

それはそうだが、いきなり声をかけられたら心臓に悪い。ただでさえドキドキしているのに。

「おっ、それはもしかして」

良希さんがコートを脱ぎながら、私の手もとに注目する。

「あ、はい。あの、バレンタインチョコです。お口に合うと良いのですが」

ぎこちなく差し出した。もっとスマートに渡したかったけど、心の準備が間に合わず、やっぱり照れてしまう。

「手作りなんだろ？　嬉しいなあ。ありがとう、美桜」

「いえ、そんな」

喜んでくれてホッとした。良希さんがにこにこするのを見て、私も笑顔になる。

「でも、体調はどうだ。無理しなかっただろうな」

「大丈夫です。病院から帰って、少し眠ったし。それに、お菓子作りは気分転換になるので、むしろスッキリしてます」

「気分転換？」

良希さんが椅子を引いて、私を座らせた。なぜか笑顔が消え、真顔になっている。

「あの、良希さん？」

「そうだよな。気分転換が必要だ。君のため、そして俺のためにも」

急にどうしたのだろう。動揺しながら、隣に腰を下ろす彼を見つめた。

「実は、美桜が帰ったあと、北野に会ったんだ」

「あ……」

悪夢について相談してくれたのだと、すぐに分かった。

「ありがとう、良希さん。仕事が忙しいのに、私のために時間を使わせてしまって」

「そんなことはいい。それより、順番に話すから、落ち着いて聞いてくれるか」

微かな緊張を覚えるが、しっかりとうなずく。悪夢は怖いけれど、自分のことなんだから。良希さんはゆっくりと、丁寧に説明してくれた。今の時点で考えられる、可能性について。

「あの日、私が『ブラックローズ』に呼び出されて公園に行き、トラブルが起きた末、追いかけられて階段から落ちた……ってことですか？」

良希さんが導き出したのは、黒ずくめの魔女とブラックローズが同一人物という、恐ろしい仮説だった。

「あくまでも推測だよ。しかし、パズルのピースを合わせると、そんな絵が浮かび上がってくるんだ」

パズルのピースとは、悪夢に出てくる【黒ずくめの魔女】【雪】そして、【許さない】という言葉。北野先生によると、そのときの恐怖が記憶喪失の原因らしい。

「そんな……もし呼び出されて会いに行ったとすれば、顔見知りってことになります」

「ああ、そうだな。面識があるとすれば、少なくとも俺の元カノではない。ただ、これは北野が言ったんだが……容疑者は元カノとは限らない。俺に優しくされて勘違いした女性ではないかと」

「勘違い……」

納得できないこともなかった。良希さんは仕事のできるイケメンで、しかも親切で優しいので女性にモテる。病院スタッフや患者さんなど、思いを寄せる人は少なくないだろう。

私もその内の一人だった。優しく声をかけられるたび、胸をときめかせていた。

「北野のやつ、俺を軽い男みたいに言いやがって。俺はそんなつもりでスタッフや患者に接した覚えはない」

「そ、そうですよね」

だけど、北野先生の意見も一理ある。良希さんは魅力的な男性だから、勘違いされても仕方ないのだ。

「もし呼び出されたのなら痕跡が残っているはず。美桜、二月四日の通信記録を調べてくれないか」

「分かりました」

スマートフォンを取り出し、電話やメッセージの履歴をすべて調べた。データが復元できて本当に良かったと思いながら、二月四日以前もチェックする。ブラックローズが顔見知りなら、前もって会う約束をしたかもしれない。

「ほとんど交流のない人たちの会話も全部見ましたが、それらしき記録がありません」

結果を知らせると、良希さんは意外そうな顔になる。

私を呼び出した痕跡が見つからない。と言うことは――

「やっぱり、関係ないかもしれませんね。私はあの日、デパートに買い物に行って、途中で気が変わって散歩したくなったんです」

悪夢を見るのは別の理由だ。ＳＮＳもたまたま偶然が重なっただけ。

でも、良希さんは納得しなかった。

「投稿のタイミングといい、楽観的に考えようとしても、パズルのピースがはまりすぎてるんだ」

魔女とブラックローズ。それぞれの要素を組み合わせれば、彼女によって私の身になにかが起きたという想像しかできない。

なにより悪夢を思い出すと、想像が恐ろしいほど真に迫ってくる。

「美桜、おいで」

ぎゅっと抱きしめられた。息苦しいほどの拘束に身体が熱くなる。

「怖がらせてごめん。でも信じてほしい。俺は必ず、君の不安を払拭する」

「良希さん……」

「俺が守るから。絶対に」

感動で胸が震えた。ずっと憧れていた大好きな男性《ひと》が、私のために、ここまで言ってくれるなんて。

「ブラックローズの正体を必ず暴いてみせる」

「ありがとう。私のために、いろいろ考えてくれるんですね」

「当たり前だろ。美桜は俺にとって、世界で一番大事な女性《ひと》なんだから」

言葉が終わらぬうちに唇が重なる。昨日よりも自然に、深い口づけへと移行する。互いを求める気持ちが高まるのを感じて、唇が離れたあともしばらく抱き合っていた。

「なあ、美桜。こんなときだけど……こんなときだからこそ提案させてほしい。のんびり旅行でもしないか」

腕の中で顔を上げる。驚きのあまり声が出ない。

「あまり思い詰めると身体に良くない。いろんなことを忘れてリラックスしよう。そうすれば不安も薄れて……美桜？」

ぽかんとする私を、良希さんが軽く揺さぶる。

「どうした。もしかして気が乗らないのか？」

「ちっ、違います。私も誘おうと思ってたんです。旅行に行きましょうって」

「ほんとに？」

驚きながらも、嬉しそうに笑う。太陽みたいなまぶしさに、思わず目を細めた。

「でも、お仕事はいいんですか？　教授のお手伝いもあるし、忙しいのでは……」

「休みなんてどうとでもなるよ。休日を使えば一泊くらい余裕さ。ところで、どうして旅行に行きたいと思ったんだ？」

「実は昨日……」

チョコの材料がダブった件から順番に話した。

「へえ。高級チョコは、お父さんにあげるつもりだったのか」

「そうだと思います。でも、ごめんなさい。夫の良希さんを差し置いて、父に高価なチョコをプレゼントするなんて」

小さくなる私の頭を、良希さんがぽんぽんと撫でた。

「なに言ってるんだ。俺は手作りチョコが好きだし、親孝行な美桜を誇りに思うよ。離れて暮らすお父さんこそ大事にしなくちゃ」

「あ、ありがとう。でも、誇りだなんて、そんな」

「照れるな照れるな」

良希さんが微笑み、ふと顔を曇らせた。

「……なあ、美桜。その高級チョコ、どこで失くしたのかな」

良希さんがテーブルに肘をつき、考え始める。

「高価なチョコレートを簡単に失くすものかな？　どうにも違和感がある」

「違和感……」

変なことを言いそうになり、ぱっと口を押さえた。だけど、こちらを向いた良希さ

んも、きっと同じことを考えている

「あの日、君はデパートでチョコレートを買ってから公園に向かった。もし魔女がそれに気づいたとしたら？」

「まさか、そんな」

良希さんにあげるチョコレートだと勘違いした魔女が、私から奪った？

これはあくまでも推測。あの日、魔女に会ったという証拠も、呼び出された痕跡もない。でも、どうしてもそんな気がして堪《たま》らなかった。

「そして君は、もう一つ大事なものを失くしている。どんなときも身に着けていた、失くすはずのないものだよ」

良希さんが私の左手を取り、そっと握りしめる。

指輪が消えたのも、あの日だった。

時刻は十一時過ぎ。良希さんは一旦ベッドに入ったものの、楠木教授から電話がかかってきて、今は書斎にいる。楠木教授はオンオフに厳格な人だが、論文が難航しているのか、深夜の電話もお構いなしのようだ。

私は寝室のベッドに寝そべり、ブラックローズの正体について考えた。顔見知りだとしたら、思い当たるのはただ一人。水元可南子さんだ。

疑いたくないけど、結花の言葉が胸につかえている。

可南子さんは良希さんの義妹。結花の想像が正しければ、彼女は良希さんを好きなのに、弟の啓二さんと結婚したことになる。

だけど、そんなことあり得ない。子どもだっているのに。

枕元に置いたスマートフォンがポコンと鳴った。通知を確かめて、がばっと起き上がる。可南子さんからだ。

震える手でアプリを開き、恐る恐るメッセージを読んだ。

《ブラックローズが逃亡したよ！》

「えっ、逃亡？」

意味が理解できないでいると、次のメッセージが届く。SNSのスクリーンショットだ。『@ブラックローズの検索結果はありません』と表示されている。

わけが分からずうろたえていると、メッセージが立て続けに追加された。

《垢消し逃亡ってやつ？》《絶対に元カノの仕業だろうけど気にしちゃダメだよ》《こんな時間にゴメンね》《安心してもらいたくて速攻で報告しちゃいました》

私は動揺しながらも、《教えてくれてありがとう》とだけ返事を送った。すぐに既読が付き、それを最後にスマホは沈黙した。

ブラックローズがアカウントを消した。これでもう、解決したってことだろうか。

廊下から足音が聞こえた。私はなぜか慌ててしまい、スマホを取り落とす。

「美桜、まだ起きてたのか」

寝室のドアが開き、良希さんが入ってきた。私はスマホを拾いながら、「なっ、なんだか眠れなくて」と、しどろもどろに返事する。

「寝る前にスマホなんて見ると睡眠の質が下がるぞ」

良希さんはガウンを脱ぐとベッドに入り、私の手もとを見下ろす。

「まさか、例のSNSを見てるんじゃ……」

「そうだけど、そうじゃないの。たった今、可南子さんからメッセージが届いて」

隠す必要なんてないのに、どうして慌てるんだろ。自分でも変だと思いながら、可南子さんのメッセージを彼に見せた。

「ブラックローズがアカウントを消した？」

予想外の展開に、良希さんはなんとも言えない表情になる。

「削除申請を受け入れたってことか。しかし、アカウントごと消せとは言ってないし、運営からこちらに連絡がないのもおかしい。たぶん、自ら消したんだ」

「でも、どうして？」

良希さんに問うまでもなく、ほとんど確信していた。結花の言うとおり、ブラックローズはおそらく可南子さんだ。今思えば、良希さんが開示請求すると言ったときの反応が不自然だった。

——ヤバいやつみたいだし、やめといたほうがいいよ！

「ブラックローズめ。逃げるつもりだろうが、そうはいかない。美桜を怖がらせて、こんな目に遭わせたやつを逃がしてたまるか。アカウントを消してもログが残るし、証拠保全もしてある。内野《うちの》先生に相談して、徹底的に追及するぞ」

内野先生というのは北野先生が紹介してくれた弁護士である。

「で、でも良希さん。もしも……」

ブラックローズの正体が本当に可南子さんなら、大変なことになる。彼女の行いが明らかになれば、水元家のお家騒動に発展するだろう。

「もしも？　気になることでもあるのか」

「ううん、違うの」

黒ずくめの魔女が頭に浮かんだ。長い黒髪を振り乱し、襲いかかってくる姿に可南子さんが重なる。そういえば彼女の髪も、真っ黒で長い——

「ただ、やっぱり怖くて……」

恐ろしくなり、良希さんにしがみ付いた。彼女はいつから良希さんを好きになったのだろう。啓二さんという夫と、歩美君がいるのに。

「抱いてください」

「美桜？」

スマートフォンがベッドから滑り落ちる。私は拾おうともせず、良希さんの驚いた顔を見つめた。

「また、あの夢を見そうで怖いの……忘れさせて、お願い」

「いいのか？」

うなずくと、ベッドにそっと寝かされ、唇を塞がれた。

乱暴なようで優しい、大人のキス。

「美桜……好きだよ」

熱っぽい眼差しと、低い囁き。良希さんが明かりを消して、私の羞恥心を和らげる。

「身体の力を抜いて、俺に任せて」

「うん……」

パジャマを脱がせる手つきは慣れていた。でも、どこか遠慮がちな動きに気遣いが感じられる。

「怖くない？」

「大丈夫、あなたとなら」

私たちは夫婦。だけど、記憶喪失の妻は初心な恋人と同じ。良希さんにとって、初めて抱くのと同じなのだ。

「ああ……」

力強い腕に抱きしめられて、心の底から安堵する。魔女は消え去り、私と良希さんだけがここにいる。

もうなにも考えられず、愛する人と溶け合う悦びに浸った。

第八章　疑うべき人　〜良希〜

「患者さんの忘れ物？　いいですよ、食堂に行くついでに届けてきます」

「ありがとうございます。今日の先生、なんだかご機嫌ですね」

「そ、そうですか？」

　さすが師長、観察眼が鋭い。幸せ気分がばれてしまった俺は、理由を訊かれる前にそそくさとその場を離れた。

「だめだな、つい顔がにやけてしまう」

　外来診療を終えて気が緩んだとたん、昨夜の感激で頭がいっぱいになった。それはもちろん、美桜を抱いた一夜。久しぶりのスキンシップは、思いも寄らぬほど俺の心を豊かに満たしている。

（可愛かったなあ……）

　美桜はまるで清らかな雪の精。いや、生まれたばかりの愛らしい小鳥……とにかく、どこまでも清純な乙女だった。

　それもそのはず、記憶喪失の彼女にとって俺との行為は初体験も同然。恥じらう表情や仕草に、男の征服欲を煽《あお》られてしまった。

（まあ、俺のことはともかく、美桜が安心してくれて良かった。昨夜は悪夢を見なかったようだし）

昨夜、美桜は怯えていた。ブラックローズがアカウントを消しても、不安は解消されない。なぜならブラックローズと黒ずくめの魔女が同一人物かもしれないのだ。正体が明らかになれば、なぜ悪夢を見るのかも、すべてはっきりするだろう。

頬を引きしめて廊下を進む。二人の愛が深まるのは良いことだが、最も大切なのは彼女を守り抜くこと。気を抜かず、これからもガードを続けるのだ。

（とはいえ、どうしても顔がにやけてしまうな。美桜が可愛すぎて……）

「あら、水元先生。こちらにお見えになるなんて珍しいですね」

「わっ」

いきなり話しかけられて、思わず声が出た。考えごとをするうちに、目的の場所に着いていたようだ。

ここは化学療法室。カウンターから声をかけてきたのは受付役の看護師だった。

「どうかされましたか？」

「いや、なんでもない。患者さんの忘れ物を届けに来たんです」

「医療用ウイッグの予約票……ああ、岡村《おかむら》さん、水元先生が届けてくださったわよ」

「ごめんなさいね、先生。年を取ると忘れ物ばかりしちゃって」

長椅子に座っていた老婦人が立ち上がり、トコトコ歩いてきた。

「どういたしまして。岡村さん、今日は二回目の投薬ですね。診察でも言いましたが、副作用がつらいときは対策しますので、なんでもご相談ください」

岡村さんは俺が担当する患者だ。がんの治療のため化学療法を行っている。

「あるていどは覚悟しております。それより先生、ウイッグを買おうと思うのだけど、どれがいいかしら。試着の予約をしたのだけど、目移りしてしまって」

棚に並んだウイッグの見本を指差す。岡村さんが利用するのは、外部メーカーの試着サービスだ。ショートからロングまで様々な髪型が揃《そろ》っている。

「岡村さんなら、どんな髪型でもお似合いですよ」

居合わせた男性患者がぷっと噴き出す。しかし俺は、お世辞で言ったのではない。岡村さんはいつも若々しく、魅力的な人だと思っている。

「お上手ねえ。先生みたいな殿方にそんなこと言われたら、その気になってしまうわ。こんなおばあちゃんまで口説こうとして」

「く、口説く？」

面食らう俺に、看護師が横から言い添えた。

「水元先生はイケメンだから、口説いてるように聞こえちゃうのよねえ」

「はあ？　バカなこと言わないでくれ。患者さんを口説くわけが……」

「おほほ……冗談ですよ。それより、どんな髪型がいいかしらねえ。ウイッグを着けるだけで、ガラッとイメージが変わりますもの。先生のお好みは？」

岡村さんの楽しそうな顔を見て、からかわれたのだと分かった。

「え、ええと。人毛と人工毛のミックスが、手入れしやすいようです。髪型は、お好きな長さをどうぞ」

余計なことを言うと突っ込まれそうだ。当たり障りのないアドバイスをして、そそくさと退散した。


食堂でランチを食べながら、今のやり取りについてつらつら考える。冗談にしても口説くは言いすぎだが、看護師の言葉に気づくことがあった。

この病院には大勢の患者やスタッフがいて、俺は日々彼らと関わっている。ブラックローズは、その内の一人かもしれない。

俺の何気ない一言を好意と受け取ったとか？

ばかばかしい。いくらなんでもそれはない。勝手な解釈というものだ。もしそうなら、かなり思い込みの激しい人物と言える。思い込みで嫌がらせするなど言語道断。しかも俺だけでなく、美桜をターゲットにしたのは許せない。

美桜の怯えた顔を思い出し、かわいそうで堪らなくなった。どこの誰かは知らないが、必ず正体を突き止めてやる。

食事を済ませると、すぐ仕事に戻った。

今日の午後は手術が二件のみ。いずれも一時間ほどの小手術であり、続けざまに行ったので時間に余裕ができた。

これなら間に合うだろう。病棟の巡回後、出かけるために身支度を整えた。行き先は北野がアポを取ってくれた法律事務所。直帰してもいいのだが、術後の患者が気になるので、一旦戻るとスタッフに言い置いてから外出した。

事務所は駅近くのビル内にあった。

「お待ちしておりました。弁護士の内野と申します」

内野弁護士と北野は中学時代に成績一位を争ったライバルだそうだ。大柄な体躯《たいく》を揺らし、今は良い友人ですよと朗らかに笑う。

「先生もお忙しいでしょうから、ハイペースで進めさせてもらいますね」

「お願いします」

北野の紹介どおり、内野弁護士はネット問題に強く、多くの案件を手がけた経験から的確な意見をくれた。

「ネットの嫌がらせは、身近な人間によるものが意外と多いんです。蓋を開けてみると、身内や友人、隣人などが犯人だったりしますよ。顔見知りだからこそ、匿名でねちねちと書き込むのでしょう」

「身内や友人……ですか」

身内が俺を貶《おとし》めても、いいことはない。他に身近な人間というと――思い浮かんだのは吉村さんだ。彼女は美桜の友人であり、俺の仕事仲間でもある。

しかし、魔女のイメージからは程遠い。彼女はいつもショートカットで、カラフルな服装を好む。それに、入江という恋人がいるのだ。

「どなたか心当たりでも？」

「いいえ、まったく。ただ、気になることがあって……」

現実の女ではないが、現実の女かもしれない。美桜が見る悪夢と、黒ずくめの魔女について話した。

「つまり、美桜さんは二月四日に顔見知りの誰かに呼び出され、危害を加えられたってことですか。それがブラックローズではないかと。ちなみに目撃者は？」

「それは……」

具体的な証言を求められ、言葉に詰まった。

美桜の怪我は、階段から落ちたのが原因だ。不審な外傷はなく、誰かに突き落とされたとしても目撃者がいない。

「うーん。ブラックローズと結び付けるのは、ちょっと強引かなあ。調べるにしても、実際に被害を受けた証拠でもなければ、警察も取り合わないでしょう」

そうなると、やはりブラックローズの正体を明らかにするほかない。まずは手がかりが必要だ。

「内野先生、情報開示請求をよろしくお願いします」

「お任せください。ネット問題は世間の意識も法律も、徐々に改正されています。アカウントを消そうが逃げられません。徹底的に追及しましょう」

病院に戻ったのは午後七時過ぎ。術後の患者に異常は見られず、ホッとしながら医局のデスクに着いた。今から帰ると美桜に連絡したが、コーヒーを一杯だけ飲むことにする。少し頭を整理したかった。

フロア内の自販機コーナーに行くと、吉村さんと入江が長椅子に座っていた。仕事終わりの休憩らしく、私服に着替えている。

いきなり入ってきた俺を見て、二人とも少し気まずそうにした。

「水元先生、お疲れ様です！」

入江が椅子を立とうとするのを止めた。

「慌てなくていいよ。邪魔者はすぐに退散する」

「そんな、私たちは別に……」

吉村さんが赤くなるのを見て、思わず微笑む。彼氏と二人きりの場面を見られて、さすがに恥ずかしそうだ。

「入江さんが術式について質問するから、答えてただけです」

「そうです。仕事の話ですよ」

ムキになるところが怪しい。ラブラブな二人に背を向け、自販機でブラックコーヒーを買った。

「ところで水元先生、先ほど弁護士事務所に行かれたそうですね」

「ああ。ＳＮＳの件を相談してきた」

振り向くと、吉村さんの真剣な目が俺を見つめていた。美桜のことを心配しているのだ。

「大丈夫。時間はかかるが、なんとかなりそうだ」

「それって、例の嫌がらせですか？」

横から口を出す入江を、吉村さんが肘で突いた。

「先生、すみません。美桜に起きたこと、入江君にだけ教えてしまいました」

ばつが悪そうに頭を下げる。口の堅い吉村さんにも例外があるようだ。それだけ入江を信頼しているのだろう。

「別にいいよ、お前たちで留めてくれるなら。どうせアカウントも消えたし」

「えっ、消えたって……ブラックローズが自分で削除したんですか？」

吉村さんは知らなかったようだ。俺は椅子に座り、コーヒーをひと口飲む。

「そうみたいだぞ」

「じゃあ、開示請求は……」

「もちろん請求はする。ブラックローズの正体が分かれば、二月四日に起きたことも明らかになるだろうし」

吉村さんが首を傾げた。

「どういうことですか？　二月四日は美桜が転落事故に遭った日ですよね」

「ああ。だが俺は、美桜の転落は事故ではなく、事件だと思ってるんだ」

「ええっ？　それはつまり、ＳＮＳで嫌がらせした人が、美桜さんを階段から突き落としたってことですか？」

大げさに驚く入江を、吉村さんが「静かに」と注意する。

「具体的な根拠はないが、そうとしか思えない。嫌がらせのタイミングとか、悪夢の内容とか、ピースがはまりすぎてるんだ」

「悪夢って……美桜が言ってた、真っ黒な魔女に追いかけられる夢ですか？」

俺がうなずくと、吉村さんも入江も半信半疑の顔になる。内野先生と同じく、夢と現実を結び付けるのは、無理があると言いたそうだ。

しかし、俺は大真面目である。

「あの日、美桜は魔女に呼び出されて公園に出かけた。魔女がブラックローズなら、身近な人間である可能性が高い」

吉村さんが、真意を確かめるかのように俺を見つめる。

そして、一つの提案を口にした。

「それなら、先生の周りにいる女性を片っぱしから潰していきましょう。そのほうが手っ取り早いです」

「潰す?」

吉村さんにしては荒っぽい言い方だ。

「例えば外科のスタッフとか、美桜と面識がありますよね。一人一人に、二月四日の夕方どこにいたのか確認すればいいわ」

「アリバイってことか」

目から鱗《うろこ》だった。しかし元カノならともかく、仕事仲間に事情聴取などできるわけがない。公私混同もいいところだ。

「じゃあ、まずは私からね」

吉村さんがバッグからスケジュール帳を取り出し、ぱらぱらとめくる。

「二月四日は、ええと……午後二時から午後五時三十分まで、清水さんに周術期管理の指導を行っていました。場所は本館の資料室です」

「清水さんの指導?」

清水さんは美桜が抜けた看護チームに配属された病棟看護師だ。彼女の班は水元チームの患者を受け持つことが多いので、俺もよく知っている。

「どうしてオペ看の君が病棟ナースを教育するんだ」

俺が訊くと、彼女はふうっとため息をつく。

「彼女はミスが多くて、術後の患者さんを安心して任せられないんです。だから、私にも教育させてくださいと、看護チームの班長に申し出ました。師長の許可も取ってあります」

「そうだったのか」

清水さんのミスについては俺も報告を受けている。外科チームがカバーする事案もあった。師長もむげに断れなかったのだろう。

「なるほど。仕事熱心な吉村さんらしい申し出だな」

「患者さんのためですから」

迷わず答える吉村さんを、入江が尊敬の眼差しで見つめる。

「すごいなあ。僕も結花さんにいろいろ教えてもらって、すごく助かってます。清水さんも感謝してるでしょうね」

「だといいけど」

吉村さんはもう一度ため息をつき、スケジュール帳を閉じた。

「以上、私のアリバイです。お疑いなら、清水さんに確認していただいても結構ですよ？」

「別に俺は、吉村さんを疑ってなんかいないよ」

どういうわけか、彼女は不機嫌な様子だ。なにか言いたそうにして、横目で俺を睨んでいる。

「どうした。いつもの君らしくないぞ」

「……他に、疑うべき人がいるんじゃないですか？」

小さな声でつぶやき、さっと椅子を立った。

「疑うって、誰を？」

「先生にとって一番身近な人ですよ。とにかく、美桜のために頑張ってください！」

ブルーのコートをひるがえし、吉村さんが自販機コーナーを出ていく。入江が俺に頭を下げてから、慌てて追っていった。

なにを怒ってるんだ。首を傾げつつ、俺も自販機コーナーを出た。

廊下を歩きながらしばし考え、ハッと思い至る。

ひょっとして、可南子のことか。

吉村さんが家に来た日、可南子が乱入して彼女を怒らせた。ＳＮＳの嫌がらせは俺の女性関係が原因と決めつけ、美桜を不安にさせたからだ。

なるほど、不安を煽る発言が嫌がらせに聞こえたのだろう。吉村さんは、可南子を疑っているのだ。
足を止めて暗い窓を見やった。北風が木々の梢《こずえ》を激しく揺らしている。
可南子が犯人？　いや、違うだろう。
吉村さんほどではないが、可南子は美桜と仲が良い。それに、可南子は啓二の妻だ。
義兄を貶め、水元病院の評判を落とすような真似《まね》をするはずがない。
疑いたくなる気持ちは分かるが、吉村さんは少し感情的だ。
俺は窓から目を逸らし、再び歩きだした。

第九章　思い出の海辺　～美桜～

スキンシップの力はすごい。ブラックローズとか、黒ずくめの魔女とか、可南子さんとか……良希さんに抱かれたことで、全部吹き飛んでしまった。

でも、今朝は恥ずかしくて目を合わせられなかった。良希さんは嬉しそうににこにこしてたけど、私は昨夜のあれこれを思い出してしまい、平静ではいられず。

なにしろ、私にとって初めての経験である。彼も分かっているので、初めて抱くかのように優しくリードしてくれた。

素肌を重ね、指を絡め合い、互いの鼓動を感じる。怖さも不安も消え去り、心と身体が彼の愛情で満たされるのを実感した。

あの感動を悦びと呼ぶのだろうか。

「そっ、そろそろ買い物に行こう」

じっとしていると、昨夜のことばかり考えてしまう。急いで出かける準備をして、家を出た。

「こんにちは。良いお天気ですね」

「こんにちは」

道の途中で近所の人に声をかけられ、挨拶を交わした。今のご婦人は、お向かいの工藤《くどう》さんだ。

この土地での暮らしも、徐々に慣れてきた。記憶になくとも、ご近所さんとは挨拶さえしっかりすれば馴染んでくるものだ。

それに、花を飾る家が多いので、町内を歩くのが楽しい。ゼロからやり直しの生活でも、良希さんとともにこの町で暮らせる自分は、じゅうぶん幸せだと思う。

もちろん、記憶は取り戻したいけれど。

「やっぱり今度の旅行は、思い出の場所に行きたいな。お父さんが言ったように、なにか思い出せるかもしれないし。良希さんに提案してみよう」

旅行計画のおかげで気分が上がる。我ながら単純だと思いつつ、明るい住宅地をのんびりと歩いた。

デパートに着いて地下の食品売り場に行こうとしたとき、見覚えのある顔を見つけた。記憶にある彼女より少し痩せているけど、間違いない。

「清水さん！」

見失いそうになり、急いで駆け寄った。彼女はこちらを向き、驚いた表情になる。

「美桜先輩！　お久しぶりです」

「あ、うん。久しぶり」

（そうか、清水さんと会うのは退職して以来なんだ）

私が覚えているのは一年前の彼女。外科病棟の新人ナースで、私が指導することもあった。素直で頑張り屋な彼女は、教えがいのある後輩だった。

「びっくりしました。でも、お会いできて嬉しいです。お元気でしたか？」

「うん、元気元気」

私の怪我や記憶喪失について、彼女は知らないようだ。それならそれで、変に気を遣われるより楽だと思い、話を合わせた。

「偶然だね。今日はお休みなの？」

「はい。実家がこの近くなので、遊びに寄った帰りなんです」

笑顔で答えるが、気のせいか声が暗い。ふと、結花の言葉を思い出した。

――美桜が抜けた看護チームに補充された清水さんが、しょっちゅうやらかすのよね。

よく見ると顔が青白い。痩せた身体といい、全体的に不健康な印象を受ける。

「あの、もし良かったら、お茶でも飲まない？　ちょうど休憩しようと思ってたの」

「えっ？　あ、はい。もちろん大丈夫です」

仕事の悩みを聞いてあげたい。現場を離れた私にアドバイスができるか分からないけれど、元気のない後輩を放っておけなかった。

清水さんを連れてデパート内のカフェに行き、少し落ち着いてから切り出した。

「仕事、頑張りすぎてない？」

「……」

彼女が泣きそうになる。一瞬だったが、すべて分かることができた。

「一生懸命やってるつもりでも、ダメなんです。しょっちゅう失敗して、怒られてばかりで……特に、オペ看の吉村さんに」

結花は確かに厳しい。だけど、仕事に関係ないことで怒ったりしないはずだ。

「それだけ、あなたに期待してるんだと思う」

「それは師長や班長にも言われました。吉村さんはきっと、美桜先輩と同じレベルの看護を求めてるんです」

「えっ、私？」

ちょっとびっくりした。

「期待っていうか、できて当然みたいな……」

「待って、清水さん。それは結花がおかしいよ。だって、あなたはまだ二年目だし、それに、私はごく普通のナースだもの」

結花は友達だから過大評価している。それに、清水さんを同じ型にはめるのは無茶だ。いろんなタイプの患者さんがいるように、看護師にもそれぞれ個性がある。

「清水さんには清水さんの良さがある。長所を伸ばしたほうがいいと思うな」

「はあ。でも、実際にミスが多いし、良さがあると言われても」

完全に自信を失っている。責任感が強い人ほど、上司や先輩の叱責にプレッシャーを感じ、悪循環に陥ってしまうのだ。

結花の指導に問題があると感じた。

「清水さん。もし、私にできることがあれば……」

「やめてくださいっ」

ドキッとするほど強い口調だった。周りの客がこちらをチラチラと見てくる。

「すみません。美桜先輩に向かって、私ったら」

「いいの。私が差し出がましいことを言ったから」

清水さんが黙って紅茶を飲む。カップを持つ手が微かに震えていた。

「吉村さんは私のこと、目にかけてくれてるんです。この前も、オペ看の仕事が忙しいはずなのに、私のために時間を割いてくれて、マンツーマンで指導してくれたんです。周術期管理の基本から教えてもらって、すごく勉強になりました」

「そうなの……」

他部署の後輩のために時間を割く。仕事熱心な結花らしい行為である。でも彼女はきっと、患者のためと言うだろう。

そんな結花を看護師として尊敬している。でも――

「分かった。でも、無理しちゃダメだよ。もし困ったことがあれば師長に相談すること。あと、私で良ければ愚痴ぐらい聞くから。もちろん、秘密厳守でね」

「美桜先輩……」

スマホを掲げる私に、彼女はホッとしたように笑った。

「そろそろ出ようか。ごめんね、引き止めちゃって」

「とんでもない。私、美桜先輩と話せて嬉しかったです」

カフェの前で手を振り、彼女は立ち去った。私もエスカレーターへと歩きだすが、どうしてかモヤモヤする。

ほっそりとした彼女の後ろ姿が、いつまでも頭から消えなかった。

夜、リビングでぼんやりしていると、良希さんから『今から帰る』と、メッセージが届いた。時計を見れば、いつの間にか七時半を回っている。

ぷるぷると頭を振り、キッチンに移動した。

帰宅時間を予想し、オーブンのタイマーをセットする。チキンのハーブ焼きが完成する頃、スマートフォンが鳴った。

きっと良希さんだ。急患の対応かなにかで、帰宅できないのかもしれない。急いでスマホを取るが、電話をかけてきたのは結花だった。

『こんばんは、美桜。今、大丈夫？』

「うん、大丈夫。どうしたの？」

清水さんの後ろ姿が目に浮かぶ。さっきまで彼女のことを考えていた。

『先生に聞いたんだけど、ブラックローズがアカウントを消したんだって？』

「あ、うん」

結花に報告するのを忘れていた。気になって電話をくれたのだろうか。

『とりあえず良かったじゃん。でもさ、やっぱり可南子さんが怪しいと思うのよね』

「そ、そうなのかな」

私も可南子さんを疑っている。だけど、彼女は良希さんの義妹なのだ。

『そうに決まってるわ。先生が開示請求するって言ったとき、彼女、すごく焦ってたでしょ？　だから、ばれる前にアカウントごと消したのよ』

「でも……」

言葉を濁すと、結花が焦れったそうに続けた。

『可南子さんが犯人なら、これは水元家の問題。歯がゆいけど、私が口出しするわけにいかないわ。だから美桜、あんたが言ってやりなさい。可南子さんに嫌がらせされて、しかも襲われましたって』

「えっ、可南子さんに襲われ……？」

思わず声が大きくなり、片手で口を塞ぐ。もうすぐ良希さんが帰る頃だ。

『水元先生に聞いたよ。ブラックローズが魔女なんでしょ？』

「あっ……」

結花が電話してきた理由がはっきりした。私に発破をかけるためだ。結花は私の身を、良希さんと同じくらい案じてくれている。

「分かった。ありがとうね、結花」

素直に感謝を伝えた。電話の向こうで、結花がホッとするのが分かった。

『あんたのことだから、先生や水元家に遠慮してるんだなーと思ってさ。ほんとに世話が焼けるんだから』

結花はしっかり者だ。きつい言い方も私を思ってのこと。清水さんのことも、彼女のためを思って厳しくするのだろう。

昼間のモヤモヤが少し晴れた気がする。

『ところでさ、先生が休暇を取るみたいだけど、旅行でもするの？』

「はい？」

急に話が変わった。戸惑ったせいで変な声が出る。

「う、うん。旅行と言っても一泊くらいだけど」

『いいなあ、どこに行くのよ』

「行き先はまだ、これから決めるの。できれば思い出の場所がいいかな」

『思い出の場所？』

二人で旅した場所を巡れば、なにか思い出すかもしれない。記憶が戻るきっかけが欲しいと結花に話した。

『ふうん、なるほどねえ。ま、それはそれとして、旅行と言えばホテルよね。素敵なホテルでムードが高まれば、スキンシップも復活するんじゃないの？』

「ええっ、な、なにを……」

『どうよ、その辺は。相変わらずプラトニックなの？』

昨夜の出来事を思い出して、頬が熱くなる。電話で良かったと思いつつ、しどろもどろに返事した。

「まだ全然、進歩なしです」

ごまかしてしまった。いくら親友でも、そこまであからさまになれない。

「ていうか、やめて……その話題は」

『あはは、そうだったわね。ごめんごめん』

ひとしきり笑うと、結花はまた別の話を始めた。他愛のないお喋りだが、親友との会話は楽しい。

「そういえば、入江さんとはどんな感じ？」

『ああ、うん。お互いに忙しいけど、時々デートしてる』

「そうなんだ。あっ、バレンタインチョコはあげたの？」

『ああ、まあね。安物だけど』

素っ気ない言い方は照れ隠しだ。結花のことだから、ブランドの高級チョコを贈ったのだろう。

『じゃあ、そろそろ切るわね。もうすぐ先生が帰る頃でしょ』

「うん。あっ、結花」

『なに？』

清水さんのことを言おうとして、口をつぐんだ。

「ごめん、なんでもない」

『そう？　それじゃ、またね。可南子さんのこと、先生にちゃんと言うのよ』

「分かった。お休みなさい」

『お休み』

通話を切って、ふっと息をつく。結花は大切な親友。だけど、話せないこともある。ちょっぴり後ろめたさを感じるけれど、これでいいのだ。

自分に言い聞かせながら、良希さんの帰りを待った。

予想した時間より三十分ほど遅れて良希さんが帰宅した。食事の支度ができているので、早速テーブルを囲む。

「待っててくれたのか。先に食べても良かったのに」

「ううん、いいの。一緒に食べたいから」

良希さんが食事しながら、法律事務所に行ったことを私に伝えた。内野弁護士に、情報開示請求を正式に依頼したと言う。

「プロバイダの対応によっては時間がかかるが、投稿者がはっきりしてから魔女について調べようと思う」

ブラックローズと黒ずくめの魔女が同一人物かどうか――

「分かりました。ありがとう、良希さん」

私のために動いてくれる彼に心から感謝した。

「でも、無理しないでね」

「大丈夫、なんてことないさ。そうだ、旅行の件だけど、来週末なんてどうかな」

「えっ、そんなに早く休みが取れるんですか？」

「言っただろ、どうとでもなるって」

驚く私に、良希さんが嬉しそうに説明した。

「教授にスケジュールの前倒しを頼んで、ＯＫをもらったんだ。論文の手伝いは早朝出勤して間に合わせるよ」

「そうなんですか？　手術の予定とか、通常の仕事は……」

「その辺りはきっちりとこなす。ただ、当日のオンコールは外してもらった。まあ、休日を絡めての一泊旅行だし、さほどの影響はないさ」

私との旅行のために、なんだか申しわけない気持ちになる。だけど、ここは素直に喜ぶべきだ。良希さんの笑顔を見るうち、私もワクワクしてきた。

「その代わり、旅行の日まで夜は早めに寝るよ。残念だけど」

「残念？　あ……」

熱っぽく見つめられて、動揺する。つまり、夫婦生活はお預けという意味だ。

「それで、美桜はどこに行きたい？」

「あっ、うん。ええと……」

さすが、大人の男は切り替えが早い。余裕の態度に感心しながら、希望を述べた。

「思い出の場所に行きたいです。例えば、良希さんと初めて旅行したところに」

「……いいな、それ」

気のせいだろうか、良希さんの頬が少し赤くなった。

「それならいっそ、同じホテルに泊まろう。海辺のリゾート地に建つ、ロケーション抜群のホテルなんだ。あの場所で美桜と俺は……」

「えっ、なんですか？」

よく聞こえなくて耳を傾けるが、なぜか良希さんは答えず、にこりと微笑むのみ。

「早速、予約を入れるよ。シーズンオフだから空いてると思うし、高確率で同じ部屋が取れる。楽しみだなあ、美桜」

「はい、とても」

良希さんに釣られ、ウキウキしてきた。

そのあとも旅行の話で盛り上がり、私たちは幸せな時間を過ごした。

結花に発破をかけられたけど、やっぱり無理。

可南子さんのことを口に出せないまま、夜が更けていった。

◇　◇　◇

良希さんと私が初めて旅行したのは去年の夏。外房のリゾート地で、海のレジャーを楽しんだり、オーシャンビューのホテルでゆったり過ごしたという。

「景色が遠くまで見える。晴れて良かったな」

「本当に、きれい。海が光ってます」

良希さんが運転する車の助手席から太平洋を眺めた。私たちは今、夏に旅したのと同じ場所へと向かっている。

「おっ、見えてきたぞ」

良希さんの視線を追うと、遠くの丘の上に、森に囲まれた白い建物があった。今夜二人が泊まるリゾートホテルである。

「大きくて立派な建物ですね」

「ホテルの他に、別荘やグランピングエリアを有する広大なリゾート施設なんだ。この辺りは観光地だから、シーズンオフでも予約が絶えないらしい。前と同じ部屋を取れたのはラッキーだよ」

最初に予約したのは別の部屋だった。でも、良希さんがこだわって、キャンセルが出たら前と同じ部屋にしてもらうようホテルに頼んだのだ。

部屋が空いたと連絡が来たとき、彼は大喜びして、

『二人の思い出を、できるだけ忠実に再現したいからな』

と、なぜか照れたように笑った。

(二人の思い出……そうよね、忠実に再現すればなにか思い出すかもしれない)

旅行の記憶は、私の頭からすべて消えてしまった。スマートフォンに写真が残っているけど、それを見ただけでは実感が湧かず、なに一つ思い出せない。

ただ、すごく楽しそうな雰囲気が伝わってきた。初めてのお泊まり旅行に、緊張しつつもウキウキする自分が想像できた。

小高い丘を車が上っていく。眼下に広がる海に見惚れていると、良希さんが話しかけてきた。

「前回は海で泳いだが、さすがにそれは再現できないな」

「そうですね。でも、冬の海辺を散歩するのも楽しそうです」

「ああ。あとで歩いてみよう」

前の旅行では、海水浴を楽しんだようだ。そういえば、水着姿の写真がたくさん保存してある。

(私じゃなくて、良希さんのだけど……)

彼の水着姿に感動し、何枚も撮ってしまったのだ。そのときの気持ちが手に取るように分かる。『水元良希写真集』のページは、これからも増え続けるだろう。

良希さんがハンドルを切り、ホテルのロータリーにゆっくりと滑り込んだ。車を降りると波の音が聞こえて、その瞬間、不思議な感覚に囚われる。

「美桜?」

「この感じ、憶えがあります……」

波の音。微かな潮の香り。風は冷たいけれど、空に輝く太陽が夏のようにまぶしい。

この場所に来たことがある。一瞬だけど、確かにそう感じた。

「ダメですね。やっぱり思い出せない……」

「大丈夫、焦らなくていい」

いつものように励ましてくれる。見上げると、優しい眼差しが私を守っていた。

「せっかくの旅行だ。明日も晴れるみたいだし、楽しもうぜ、美桜」

「良希さん……」

私の望みは記憶を取り戻すこと。思い出の場所をたどり、そのきっかけを得られたら嬉しいけれど、欲しいのはそれだけじゃない。今の自分にとってなにより大切なのは、良希さんと二人きり、ゆったりと過ごす時間である。

「お客様、こちらへどうぞ」

出迎えのスタッフに案内されてロビーに向かう。良希さんに寄り添いながら、大切な時間の始まりに胸をときめかせた。

予約した部屋は高層階にあった。

ガラス張りの窓いっぱいに広がる太平洋を見て、思わず歓声を上げた。

「すごい景色……部屋も素敵！」

インテリアは和風モダン。スタイリッシュな意匠に驚きながら、障子で仕切られた続き間を覗いた。ダブルのローベッドが二台楽々と並んでいる。

「本当に広いですね」

「テラスと合わせて一〇〇平米くらいかな。外もなかなかだぞ」

良希さんに手を引かれ、テラスに移動した。格子柄のタイルに縁台が設えられたここも和のイメージだ。一段上に露天風呂があり、なみなみと湯を湛《たた》えている。

「もしかして温泉ですか？」

「そう、源泉かけ流し。いつでも湯船に浸かって景色を眺められる。夏も良かったけど、冬は星がきれいだから夜は最高だろうな」

「……こんなに贅沢《ぜいたく》なホテル、初めてです」

感激する私を見て、良希さんが目を細めた。

「前も同じことを言ってたぞ」

「前も？　あっ……」

このホテルに泊まるのは二回目である。感激のあまり、すっかり忘れていた。

「美桜が喜んでくれて、俺は嬉しかった。今回も……一緒に来られて良かったと、心から思うよ」

良希さんが私に近づき、ぎゅっと抱きしめる。

「よ、良希さん？」

「初めての旅行で、俺もテンションが上がってた。それで、部屋に入ってすぐ、こんな風に君を抱きしめて……」

顎を支えられ、熱く見つめられる。この眼差しを、そのときの私はどんな風に受け止めたのだろう。

「再現してもいいか？」

返事の代わりに目を閉じた。考えなくても分かる。そう、きっとこんな風に……

唇が優しく重ねられ、やがてそれは深い口づけとなる。ここに至るまで、どれほどの時間が費やされたのか想像に難くない。

恋愛経験の浅い私を、良希さんは大人の男性らしく余裕を持って導いてくれた。私は彼の思いやりを感じたはずだし、今もそう。

（ドキドキして、どうにかなりそう……）

こんなにもときめくのは良希さんだから。この人は私にとって、永遠に憧れの男性なのだ。とてつもなく優しくて、頼もしい人。

キスのあと、良希さんの胸にもたれた。大きくて温かい。私にとって、世界で一番安心できる場所だ。

「君が可愛くて仕方なかったよ。もちろん、今もすごく可愛い」

互いに腕を回し、しばらく抱きしめ合った。きっと、前もこうしていたのだろう。

だけど——

「くしゅん！」

今は冬。晴れていても、海風が吹けばさすがに寒い。

「そうだ、最上階のラウンジに行こう。前回も、お茶を飲んで休憩したんだ。美桜が頼んだのは紅茶と……ラム酒風味のミルクレープだったかな」

「美味しそう！　行きましょう、良希さん」

お茶を飲んで、海辺を散歩して、ディナーを楽しむ。二回目だけど、初めての旅。良希さんに導かれ、幸せな気持ちで思い出をたどった。

「忘れもしない、あの夏の日。オーシャンビューのレストランでロマンティックなときを過ごして、それから、君を初めて抱いたんだよ、美桜」

「そ、そうなんですね」

お酒を飲みすぎたのか、良希さんの目が潤んでいる。

ディナーのあとバーに寄り、私はノンアルコールカクテル、彼はウィスキーを何杯か飲んだ。それから部屋に戻り、ソファに座ったとたん彼がお喋りを始めて、今の告白である。

時刻は午後十時を過ぎたばかり。

(旅行の夜が『初めて』だったのね。知らなかった……)

私の動揺を知らず、彼は続けた。

「ベッドに入る前、俺は君をリラックスさせるために、こうしてお喋りした。だけど、君は口数が少なくなり、俺がじっと見つめると恥ずかしそうに目を逸らして、もじもじしてたっけ。無理もない、初めての夜なんだから」

「は、はあ……」

ありありと情景が浮かぶ。でも、今夜それを再現するのは難しいだろう。私は先日、二度目の処女を良希さんに捧げている。『初めて』ではないから。

「あのう、良希さん」

「なんだい?」

シャツの襟を緩めながら、艶っぽい眼差しで私を見つめる。フェロモン全開の彼を前に、思わずもじもじした。

「そうそう、そんな感じだったな。で、君は突然、露天風呂に入ると言い始めた」

「お風呂？」

いや、驚くことはない。私のことだから、迫りくるフェロモンに耐えられず、逃げ出したのだ。恋愛初心者の悲しさである。

「それで、良希さんは……？」

「もちろん置いてきぼりさ。一緒に入りたかったのに」

「えっ、一緒に？」

驚く私を見て、彼は悲しそうに笑う。

「残念だが仕方ない。うぶな君のために俺はぐっと我慢して、あとから一人で入ったのさ」

「えっと……そんなに一緒に入りたかったんですか？」

「……」

頬が赤くなった。お酒のせいではないと、私にも理解できる。

「あのな、美桜。君は俺のことを、余裕たっぷりの大人の男だと思ってるだろ」

「は、はい」

良希さんは欲望をコントロールできる大人の男性。毎晩同じベッドに入り、私がくっついても平然と受け止め、ぐっすりと眠れる人だ。

それに、私から求めるまで抱こうとしなかった。大人の余裕があるからにほかならないと、思っていたけれど……

「もしかして、違うんですか？」

良希さんが目を逸らし、ますます赤くなる。こんな彼を見るのは初めてだ。

「おかしいだろ。俺は、君が思うような立派な男じゃない。毎晩くっついてくる妻に困り果てて、寝たふりを決め込んでるだけ。あふれんばかりの欲望を必死で抑えてる、哀れなオオカミさ」

「……良希さん」

衝撃的な告白だった。つまり、私は毎晩この人を拷問し、苦しめていたってこと。当然のように添い寝をねだり、甘えて、追い詰めて、我慢させていた。

なんて残酷なことを！

「ごめんなさい。私、ちっとも気が付かなくて……」

「いいんだ。こんなこと言うつもりじゃなかった。酔っ払いの戯言《ざれごと》と思って、忘れてくれ」

「そんなこと言わないでくださいっ」

戯言なんかじゃない。私は堪らなくなって良希さんに抱き付いた。勢い余ってソファからずり落ちそうになる。

「お、おい、美桜？」

「私を見てください。私だって、そうなんだから」

身体を離すと、心配そうな顔があった。この人は、いつもこんな風に私を気遣い、自分をないがしろにしてきた。そんなの公平じゃない。

「私にも欲望があります。ただ、慣れてないから、つい逃げてしまうんです。本当は、どうなっても構わないのに」

「……美桜」

「我慢なんてしないで。あなたが大好きだから」

こんなセリフが言えるのは、『初めて』じゃないから。でも、嘘偽りのない気持ちなのは確かだ。

私は水元良希という男性を、心から愛している。

「ありがとう」

今度は抱きしめられた。逞しい胸。甘やかなムスク。大人の男性の魅力にあふれた彼は魅力的だ。そして、素直な彼はとてつもなく可愛い。

「じゃあ、言わせてもらうよ。前回とは違うが、そんな場合じゃないんで」

「はい」

目を合わせてクスッと笑う。求めるものは同じだった。

「風呂に入るか。一緒に」

「はい……きゃっ？」

抱き上げられ、そのままテラスへとさらわれる。湯船に飛び込む勢いだったが、良希さんはテラスの先に進み、私をそっと降ろした。

「見てみろ、美桜」

私の肩を抱き、頭上を指差す。

冬の夜空いっぱいに、怖いくらいの星々が輝いていた。

「すごい……」

「ああ、圧倒される」

無限に広がる空と海。壮大かつ美しい光景に見惚れて、しばし言葉を失くす。

彼にもたれて、波の音に耳を澄ました。

この感じ、憶えがある。

「どうした？」

ハッとして、彼を見上げた。

私を見つめる真剣な目。海風に揺れる髪。二人きり、星空のもとで波の音を聞いた。

固く閉ざされた扉が開き、突然、その光景が目の前に現れる。

「どんなときも君を守る。俺と結婚してください」

「美桜……」

プロポーズの言葉を口にする私を、良希さんが驚いて見つめる。

「そして、私が『はい』と返事をして、良希さんが言ってくれたんです。『一緒に幸せになろうな』……って」

自分でも戸惑うほど、鮮やかに思い出した。感動と喜びが、身体のすみずみまで駆け巡る。

「そのとおりだ、美桜。俺はこの場所で、君にプロポーズしたんだ！」

「はい！」

思い出したのは、同じ場所を旅したから？　それとも、記憶が戻りつつあったのだろうか。よく分からないけど、私は今、大切な思い出を取り戻すことができた。

感激で胸がいっぱいになる。嬉しすぎて声が震えた。

「一番、思い出したかったことです。でも、他のことはまだだけど、私……」

「いいんだ」

ぎゅっと抱き寄せられ、優しさに満ちた声で耳もとに囁かれた。

「焦らなくてもいい。大丈夫、俺がそばにいるから」

涙がこぼれる。あのとき、もう死んでもいいとすら思った。幸せすぎて怖かったから。でも、そんなのダメだと今なら分かる。

良希さんの望みは、一緒に幸せになること。大切なのは、二人が愛し合うこと。未来へと進むこと。

取り戻したのは一つの記憶。だけどそれは、すべての扉を開く鍵。希望だと感じる。

「愛しています。ずっと、ずっと……」

「美桜」

かけがえのない気持ちを胸に、これからも生きていく。

愛する人と、きらめく星々に誓った。

第十章　可南子と紫陽花　～良希～

思い出を巡る一泊二日の旅は、俺が想像する以上に充実したものとなった。

一番嬉しかったのは、美桜がプロポーズの言葉を思い出してくれたこと。波の音、潮の香り、星のきらめき。それらすべてが彼女の感覚を刺激し、記憶を開く鍵となったのだろう。

昨夜、俺たちは互いを求め、愛情を確かめ合った。夫婦としての絆を完全に取り戻したと思う。美桜は俺の胸に甘えて、すやすやと眠った。無防備な寝顔が愛しくて、俺はいつまでも見守っていた。

二日目の今日も前回と同じコースを巡り、旅を楽しんだ。

結果として、プロポーズ以外の記憶が戻ることはなかったが、俺は満足している。二人きりの時間を堪能できたし、それに、きっかけさえあれば記憶が戻ると分かったのだから。


「美桜、そろそろ着くぞ」

助手席に声をかけると、彼女は目を覚ました。

「あれ……私、眠ってました？」

「少しね」

「ごめんなさい。心地よくて、つい」

「いいよ。今日はめいっぱい遊んだし、疲れただろ」

渋滞を抜けて、車がスムーズに流れ始めた。美桜が瞼をこすり、東京の街明かりに目を細める。

「実家は今度にしようか。日持ちする土産だし、今日じゃなくてもいいさ」

旅行の帰りに、水元家に寄る予定だった。美桜を心配する両親に今の状態を報告しようと思ったのだが、日を改めたほうが良さそうだ。

「でも、お義父さんたちが待ってるんじゃ……」

「あとで連絡しておく。美桜の体調を優先するよう言われてるし、気にするな」

信号待ちで停止する。美桜はしばらく黙っていたが、

「やっぱり、ご挨拶したいです」

と、意を決した瞳を俺に向けた。

「しかし……」

「お願い、良希さん」

記憶喪失になって以来、美桜が俺の両親と対面するのは初めてだ。彼女のことだから、さぞかし気を遣うし緊張するだろう。

「じゃあ、ちょっとだけだぞ。引き留められてもすぐに帰るからな」

「はいっ」

この返事、既に緊張している。

家に着いたらさっさと土産を渡して、早々に引き揚げよう。俺はひそかに決めて、信号が青になるのを待った。


実家に着くと、俺の両親が待ち兼ねていた。

土産を渡してすぐに帰ろうとしたが、案の定引き留められて家の奥へと引っ張られた。美桜は緊張しながらも二人に挨拶し、心配をかけたことを詫びた。

「思ったより元気そうで安心したよ。なあ母さん」

「ええ、本当に。記憶は徐々に戻るみたいだし、のんびり過ごすといいわ。良希は放っておいても大丈夫よ」

親父もお袋も美桜を気に入っている。実の息子そっちのけで彼女をもてなし、励ましの言葉をかけた。美桜も緊張が解けたようで、笑顔で応えている。

「そういえば、啓二たちは？」

落ち着いたところで、弟家族がいないことに気づいた。いつもなら俺たちが来るとすぐ顔を出すのに、今日は一向に現れない。

「ああ、啓二は出張に出かけた。最近、いやに仕事熱心でな、あちこちの勉強会に参加してるんだ」

親父が嬉しそうに顔を綻ばせる。

「次期院長としての自覚ができてきたのよ。手術の腕もめきめき上達してるそうだし、頼もしい後継ぎだわ」

「それはすごい」

本来なら俺が継ぐべきバトンを、啓二が引き受けてくれた。あいつには本当に感謝している。前向きに頑張っているならなによりだ。

「可南子と歩美は？」

弟家族は同じ敷地内の離れに住んでいる。リビングの窓からそのほうを見たが、窓の明かりがすべて消えていた。

「まさか、出張についていったとか？」

両親に向き直ると、二人とも不機嫌な様子になった。

「可南子さんは歩美を連れて、実家に帰ってるわ」

「今日は美桜さんが来ると言っておいたのに、急に出かけてしまってなあ」

それは珍しいと思った。いつもの可南子なら、美桜が来るとなればなにをさておいても歓迎するのに。

「ひょっとして、まだ拗ねてるのか。この前、俺に怒られたから」

俺の推測に両親が同意する。

「ああ、なるほど。そうかもしれんな」

「そうそう、お義兄さんには当分会いたくないとか、啓二に愚痴ってたみたいよ」

まったく、子どもじゃあるまいし。困ったやつだと、みんなで笑い合った。

「あらっ、美桜さん。大丈夫?」

お袋が心配そうに声をかけた。隣を見ると、美桜が真っ青な顔で固まっている。

「どうした、具合が悪いのか」

「う、ううん。ごめんなさい、ぼうっとしてました」

笑みを浮かべるが、明らかに元気がない。緊張が解けて、旅の疲れが出たのかもしれない。

「悪いけど、そろそろ帰るよ」

美桜を支えてソファを立った。

「長いこと引き留めて済まなかった」

「美桜さん、お大事にね」

門扉の外まで両親が出てきて美桜を気遣う。美桜は申しわけなさそうに頭を下げてから、車に乗り込んだ。

「ごめんなさい、良希さん。せっかくの楽しい時間を、私のせいで」

「なに言ってるんだ。実家ならいつでも行けるし、親父たちも気にしてないよ」

自宅に着くまで美桜は口数少なく、やはり元気がなかった。

急にどうしたんだろう。さっきまで親父たちと、楽しそうに話してたのに――

「荷物は俺が運ぶから、美桜は家に入って」

「うん、ありがとう」

美桜を降ろしてからガレージに車を入れた。

彼女の体調は、まだ万全じゃない。疲労によって心と身体のバランスが崩れることもある。実家に寄らず、早く帰るべきだった
俺が気を付けなければと反省しながら、旅行鞄を持って玄関に入った。

「あれっ、まだここにいたのか」

美桜が靴も脱がず玄関に突っ立っている。顔を覗き込むと、さっと目を逸らした。

「美桜?」

「に、荷物は明日片付けますね。今夜はもう休みます」

「それはいいけど、本当に大丈夫なのか」

「うん、心配しないで」

靴を脱ぎ、よろよろと廊下を歩いていく。大丈夫でないことは確かだ。

「心配するなと言われても……」

ふと視線を落とす。寒さを避けるため、紫陽花の鉢を玄関に入れてある。美桜はさっき、これを見ていたようだ。

「可南子がくれた紫陽花……そうか」

旅行の楽しさに紛れ、すっかり忘れていた。可南子の話題が出て、SNSの件など、不安な出来事を思い出したのだ。

目を逸らしたのは、俺に心配させまいとして?

それだけだろうか。

美桜の態度が不自然に思えて、しばらく考え込んだ。

第十一章　喜びと悲しみ　～美桜～

思い出を巡る旅から三ヶ月が過ぎた。

結局私は、プロポーズの言葉以外、良希さんとの思い出を取り戻せずにいる。

怪我の後遺症はなく、再検査の結果も異常なし。記憶喪失の原因は、やはり心理的なものらしく、北野先生のすすめで心療内科に通っている。

記憶はなかなか戻らないけど、私は焦らない。

旅行をきっかけに夫婦の絆が深まり、心の安定を得ることができた。穏やかな日常の中、良希さんの愛情を感じることで焦りなど消えてしまうのだ。

ただ、記憶喪失になった原因は知りたいと思う。記憶が戻らなくても私はじゅうぶん幸せだけど、心に刺さる小さな棘《とげ》が、どうしても抜けないでいた。

黒ずくめの魔女は可南子さんだ。たぶん、きっとそう――

ブラックローズのアカウントは消えたし、悪夢も見なくなった。カウンセリングなど必要ないくらい平和な状態だけど、不安がすべて消えたわけではない。

旅行の帰りに良希さんの実家に立ち寄った際、可南子さんは不在だった。あの日だけでなく、この三ヶ月間、彼女は一度も私と会おうとしない。家族での食事会も、啓二さんと歩美君は参加したが、彼女は体調が悪いと言って顔を出さなかった。

逃げるのは後ろめたいから？　あなたが犯人なの？

訊きたいけど、訊けない。可南子さんは良希さんの義妹なのだ。

そんな私を見かねてか、結花が時々電話をかけてきて「はっきりさせなさい」と発破をかける。だけど、やっぱり無理。

それに、SNSの件は弁護士に依頼済みであり、いずれ答えが出る。ブラックローズの正体が分かれば、私の身になにが起こったのかもはっきりするだろう。

想像すると、少し怖いけれど――


「美桜、ちょっといいか」

背中に声をかけられ、私は花壇に水をやる作業を止めた。じょうろを置いて振り向くと、身支度を調えた良希さんが庭に下りている。

「あっ、ごめんなさい。もう出勤の時間ですね」

「いや、まだ大丈夫。その前に、講演会の予定について話しておきたいんだ」

私に近づきながら、まぶしそうに目を細めた。庭木の新緑を、やわらかな光が照らしている。

「会場は有明《ありあけ》だけど、夜に懇親会があるから遅くなりそうなんだ。教授の状態によっては泊まりになるかもしれん」

再来週の日曜日に、医師会主催の講演会が開かれる。楠木教授が講師の一人として登壇し、良希さんが助手を務める予定だ。

楠木教授はアルコールに弱く、お酒を飲みすぎると眠ってしまうらしい。その場合、会場のホテルに泊まるしか打つ手がないそうだ。

「大変ですね」

「まあ、いざとなったら入江に任せて、俺は帰るけどな」

教授の指名で研修医の入江さんがアテンドする。でも、良希さんのことだから、最後まで責任を持って教授を世話するだろう。

「俺が帰らないと美桜が一人きりになる。夜に留守をさせるのは心配だ」

過保護な発言に驚くが、良希さんは真剣だ。ひょっとして、『魔女』を警戒しているのだろうか。

「大丈夫ですよ。きちんと戸締まりして、用心しますから」

「うーん……でもやっぱり心配だよ。いっそ美桜も連れていこうかなあ」

「ええっ？　いくらなんでもそれは……」

子どもじゃないのだからと言いかけて、口ごもる。実際、私は良希さんにとって子どもみたいなもので、頼りない存在なのだ。

「じゃあ……その日は私、実家に泊まりに行きます。母のお墓参りもしたいし、父と弟に顔を見せてきますよ」

私の提案に、良希さんがホッとした顔になる。

「そうだな、それがいい！　お義父さんに預かってもらえるなら俺も安心だ」

預かってもらうって……ますます子ども扱いされて複雑な心境だが、反論しない。

良希さんは大真面目だ。

「さてと、そろそろ行くよ。美桜は今日、病院だったよな」

「午前中に北野先生の診察です」

「しっかり診てもらうんだぞ。なにかあったら俺にすぐ連絡するように」

「分かりました。良希さんも気を付けて」

「ああ、いってきます。見送りはいいから、水やりを続けて」

「はい。いってらっしゃい」

いつもの朝。いつものやり取り。夫婦としての、さり気ない毎日が嬉しい。失われた記憶を、彼の愛情が埋めてくれるようだ。

じょうろに水を足して、水やりを再開する。花壇の次は、タイルの上に置いた鉢植えとプランターだ。そこには玄関から移動させた紫陽花もある。

冬の間は枝だけの姿だったが、今は葉が青々として、蕾が膨らみ始めている。

「この先、なにがあっても大丈夫よね」

水やりを終えて、キラキラと光る庭を眺めた。

私は今、幸せを実感している。


家事を済ませたあと、三日月市総合病院へ出かけた。予約時間より少し遅れて私の番号が呼ばれ、北野先生の診察を受けた。

「再検査の結果は異常なし。心療内科のデータを見ても特に問題がないようですね」

「はい。最近は悪夢を見ませんし、心身ともに落ち着いています。ただ、記憶がなかなか戻らなくて」

「そうですか。しかし、この前の旅行で一部の記憶が戻ったんですよね。今後もなにかのきっかけで思い出す可能性が高いです。失望することはありません」

北野先生がカルテを確認してから、私に微笑みかけた。きっぱりとした口調と、自信にあふれた態度が頼もしい。

「他に気になることはありませんか?」

「気になること……」

私が気になるのは可南子さんの存在だが、それは答えにならない。北野先生の質問は体調についてだ。

「そういえば、この前立ちくらみがしました。軽い貧血みたいな感じで、一度だけですけど」

「ほう……立ちくらみですか」

北野先生がカルテを見直し、質問を重ねた。

「生理が遅れている、ということは?」

「えっ?」

しばし考えて、ハッとする。

「十日以上遅れてます。どうして気づかなかったんだろ……え、あのっ、まさか」

「まずは落ち着いて」

動揺する私に、北野先生が冷静に訊ねる。生理の周期は一定か、開始予定日はいつだったのか、などなど……

その結果、妊娠検査薬での確認と、陽性の場合は産婦人科を受診するようすすめられた。予想外の展開に、私はますます動揺する。

「分かりました。早速、検査してみます」

診察室を出た私は売店に行き、検査薬を購入した。

そして、トイレにこもること三分。ドキドキしながら判定窓を見ると、ハッキリとラインが浮かんでいた。

会計ロビーの長椅子に座ると、すぐにスマートフォンを取り出した。良希さんに報告するためだ。どんなに驚くだろう。

だけど、メッセージを送ってからふと気が付く。今朝、なにかあったらすぐ連絡するようにと彼に言われた。もしかして予想済みだった？　夫婦生活があるなら、子どもができても不思議ではないから。

予想もしなかった私って一体……しかも、元看護師なのに。

良希さんに子ども扱いされるわけだ。軽く落ち込みつつ、それでも自然に笑みが浮かぶ。お腹に手を当てると、じわじわと喜びが湧いてきた。

スマートフォンをバッグに仕舞い、これからのことを考える。

検査結果は陽性だが、産婦人科の受診はもう少し先でもいい。受診が早すぎると、胎嚢《たいのう》や心拍の確認ができない場合がある。

とにかく落ち着いて、いろんなことを良希さんと話し合ってから決めよう。

会計を済ませて出口へと向かった。この時間は診察を終えた人がロビーに集中し、かなり混雑している。

「あっ、ごめんなさい」

自動ドアの手前で、後ろから来た女性と肩がぶつかった。その人が持っていたファイルが落ちて書類が散らばる。会計機でプリントされる領収書と診療明細書だ。

「すみません、すみません」

慌てて拾い集める彼女を、出入りする人々が迷惑そうに見ていく。私も拾うのを手伝い、一緒に外に出てからその人に手渡した。

「ありがとうございます。ぶつかった上に、ご迷惑をおかけしてすみません！」

「いえ、そんな。お怪我はありませんか？」

「はい、大丈夫で……」

女性は私を見て、小さく「あっ」と叫んだ。

「あれっ、もしかして清水さん？」

聞き覚えのある声だと思った。帽子とマスクで顔が隠れているが、よく見ると、やっぱり清水さんだ。

「み、美桜先輩。どうしてここに……」

「私は診察。北野先生のところに通ってるの」

「えっ。北野先生って、前に大学病院に勤務されていた、脳神経外科の？」

清水さんは私の怪我や記憶喪失について知らない。不思議そうにじっと見てくる。

「もしかして、頭にお怪我を？」

「うん。実は三ヶ月くらい前に、この病院に救急搬送されてね。散歩中に転んで、頭を打ってしまったから」

「ええっ？　大丈夫なんですか」

私はうなずき、彼女の手を取る。心配するのはこちらのほうだ。

さっき、彼女が落とした書類を見てしまった。

「怪我は治ったわ。でも、あなたと同じ診療科にも通ってるんだ。事故のあと、少し不安定になったから」

「……」

「大丈夫？」

清水さんは一瞬、瞳を潤ませた。しかしすぐに顔を背けてしまう。

「わ、私はちょっと疲れてるだけです。寝付きが悪いから、眠剤をもらいたくて受診しただけで」

それならなぜ、わざわざ地元を離れた病院に来たの？　それも、顔を隠すようにして――答えは聞かなくても分かった。

「清水さん、一人で抱え込まないで。周りに相談しなきゃダメだよ。前にも言ったけど、私にできることがあれば……」

清水さんの肩がビクッと震えた。明らかに怯えている。

「本当に、大したことないんです。それより、ここで私に会ったことは誰にも言わないでください、絶対に！」

手を振り払い、逃げるように走り去ってしまった。

「清水さん」

一体、どうなっているのだろう。よく分からないが、彼女は仕事のことで悩んでいる。軽視できる状態でないのは確かだ。

原因は結花だろうか。だとしても、どうすればいい？

結花には結花の考えがある。私がなにか言ったところで聞かないだろう。いくら親友でも、現場を退いた私は部外者なのだ。

清水さんの怯えた様子を思い出し、焦燥感に駆られた。

その夜、良希さんは遅く帰ってきた。手術が長引いたらしく、私のメッセージを見たのは帰り際だったと言う。

「疲れがいっぺんに吹き飛んだよ。ありがとう、美桜！」

帰宅するなり私を抱きしめ、愛しそうにお腹を撫でた。

「おーい、パパですよ。聞こえるかな？」

「良希さんたら」

早くもデレデレの彼が可笑しくて、クスッと笑う。

「まだ早いですよ」

「気は心さ」

照れた顔が可愛い。こんな良希さんは初めてである。

遅い夕食を取りながら楽しく会話した。テーマはより良いマタニティライフ。良希さんが前もって調べてくれたので、産院もスムーズに決めることができた。

そして、話がまとまった頃合いに別のテーマを持ち出す。清水さんの件について、彼と話したかった。

「清水さんが心療内科を受診？」

「うん。誰にも言わないよう念を押されたけど、どうしても放っておけなくて」

よくよく考えた末、良希さんに相談するのが一番だと思った。外科チームのリーダーとして、彼は結花が最も尊敬し、信頼する人だ。

「これは想像だけど、結花の指導が合ってないと思う。清水さんは真面目な人だけに、言われたことを完璧にやろうとして、追い詰められてるんじゃないかな」

「そうか。吉村さんが熱心に指導するのは知っていたが、そんな状況とは……」

「清水さんは、一人で抱えてると思います。職場の誰にも相談できず、病院に行ったんです、きっと」

「なるほどね。しかし、どうして吉村さんは清水さんを気にかけるんだ。確かにミスが多いとは聞くが、そこまでいくとパワハラだし、清水さんのいいところまでダメになってしまう」

良希さんの意見に賛成だ。結花はメンターとして、清水さんと相性が悪い。

「上役としての配慮が必要だな。明日、師長に話してみるよ」

「ありがとう、良希さん。でも、くれぐれも結花を刺激しないように、お願いします。結花には結花なりの考えがあってのことだから」

「俺も吉村さんとは長い付き合いだ。重々承知してるよ」

頼もしい返事を聞いて、ホッとする。良希さんに任せれば安心だ。

「俺が思うに、清水さんはどことなく美桜に似てるんだよな。だから吉村さんは、仕事でも同様のスキルを要求するんじゃないか」

「えっ、清水さんと私が？」

似てると言われて、ちょっと戸惑う。清水さんと私は顔立ちが違うし、彼女のほうがほっそりとして背も高い。

「外見じゃなくて、穏やかで優しいところが似てるんだ。雰囲気って言うのかな。こう、ふわっとして、たまにぼーっとしてるみたいな」

最後のはよく分からないが、たぶん、褒めているのだろう。良希さんは真顔だ。

「そういえば、清水さんも言ってました。結花が彼女に、私と同じ働きを求めているようだと。でも、いろんなタイプの患者さんがいるように、看護師も十人十色ですよね。まったく同じタイプなんて、いないと思うんです」

「ああ、そうだな。美桜と清水さんが似てるのは、あくまでも雰囲気のみ。看護師としては君のほうがずっと強い」

「つ、強い？」

初めて聞く評価だった。

「でも、良希さんは私のこと、すごく守ろうとしてくれますよね。それって、頼りないからじゃ……」

「それは普段の美桜。看護師としての君は、強く頼もしい存在だったよ。だからこそ俺は惚れたし、尊敬もしたんだ」

尊敬——これも初めて聞く言葉だ。憧れの水元先生が、看護師としての私をそんな風に評価してくれるなんて、考えもしなかった。

正直、ものすごく嬉しい。

「ありがとうございます。普段の私も、強く頼もしい存在にならなきゃですね。いつも良希さんに頼ってばかりだし」

「いや、普段はそのままでいいよ。美桜の頼りないところが好きだし、癒やされるんだ。ほんわかとして、可愛い」

「そ……そうなんですか？」

「うん」

蕩けそうな顔でうなずく。癒やされるとか、可愛いとか、好き——とか、この人は本当に、私を甘やかしすぎだ。

「そんなに見つめないでください」

「照れるな照れるな」

いたたまれず、「コーヒーを入れます」と言ってキッチンへ逃げた。

「もうすぐ寝る時間だし、ミルクをたっぷり入れようっと」

カップを用意していると、インターホンが鳴った。時刻は午後十時を回っている。

「誰だ、こんな時間に」

良希さんがモニターを覗いて、目を見開いた。

「すぐに出る。ちょっと待ってろ」

通話を切り、早足で玄関へと向かう。

一体誰だろうと思っていると、良希さんが来訪者をリビングに招き入れた。

「お義姉さん、こんばんは。夜分にすみません」

「啓二さん、どうし……あっ」

啓二さんの後ろに可南子さんがいた。長い黒髪を垂らし、顔をうつむかせている。

「ほら、可南子。ちゃんと挨拶するんだ」

「う、うん」

啓二さんに促され、可南子さんが前に出た。呆然とする私の前に立ち、おずおずと顔を上げる。すっぴんの顔と泣き腫らした目。久しぶりに見る可南子さんは、ひどくやつれていた。

「美桜ちゃん、夜遅くにごめんなさい。今日は、謝りにきました」

「えっ？」

反射的にビクッとする。謝ると言ったら、あのことしかない。

可南子さんの姿に、黒ずくめの魔女が重なる。

「とにかく座ってくれ」

良希さんが二人をソファに座らせた。私はキッチンに戻り、カップを二つ追加してコーヒーを入れる。トレイを持つ手が微かに震えた。

「どうぞ」

「すみません、お義姉さん」

コーヒーを配る私に、啓二さんが頭を下げる。彼が手にした封筒を見て、私は息を呑《の》んだ。やっぱり、あのことで──

「ついさっき、可南子がこの封筒を僕に渡しました。届いたのは昼間だけど、言えずにいたんです」

宛名は水元啓二様とある。そして、赤インクで押された簡易書留の文字。封筒にインターネットのプロバイダ名がプリントされていた。

啓二さんが封筒から書類を取り出すのを、良希さんと私がじっと見守る。可南子さんは啓二さんの横で縮こまっている。

「発信者情報開示に係る意見照会書と、権利侵害の内容についての添付書類。詳しくは、兄さんのほうがよくご存じですよね」

「……ああ。俺が弁護士に依頼した案件だからな」

啓二さんが添付書類に目を落とす。そこには、ブラックローズのアカウントと投稿内容が明示されていた。

「すべて可南子がやったことです。だけど僕にも責任がある。兄さん、そしてお義姉さん。本当に、すみませんでした」

啓二さんが謝罪し、可南子さんも深々と頭を下げた。涙声で、「ごめんなさい、ごめんなさい」と繰り返しながら。

「まったく、どうしてこんなことを……」

良希さんが可南子さんを見やる。怒りもせず、叱責もしない。その瞳には、深い失望の色が浮かんでいた。

四人の上に沈黙が流れる。私は悲しい気持ちで、冷めていくコーヒーを眺めた。

ブラックローズの正体は可南子さんだった。あの雪の日、私を追いかけて階段から突き落としたのも彼女に違いない——

だけど不思議だった。まったく恐ろしさを感じない。目の前にいる可南子さんは、今にも消えてしまいそうな、儚《はかな》い存在に見える。

「啓二。お前にも責任があると言ったな。どういう意味だ」

良希さんが問うと、啓二さんは少しためらってから、しかし正直に答えた。

「可南子は僕に対して不満があったんです。兄さんが家を出て以来、僕は立派な後継ぎになるため、仕事優先の生活をしてきました。結婚してからも、頭の中は常に仕事のことでいっぱいで、家庭を顧みなかった。歩美が生まれても、お袋たちがいるからどうにかなるだろうと、仕事のペースを崩さず……特に最近はひどかったと思う。でも、可南子はいつも明るく元気で、悩みなどないように見えました。でも、そんなのは勝手な思い込みだったと、ようやく気づいたんです。僕は可南子に、家のことも子育ても全部任せて、甘えきっていた」

「つまり可南子は、夫への不満をSNSにぶつけたってことか」

啓二さんの横で可南子さんがこくりとうなずく。

「確かに、啓二が忙しいのは後継者ゆえだ。本来は長男が負うべき立場なのに……だから、家を出た俺が憎らしくなったわけだな」

可南子さんがもう一度うなずき、「ごめんなさい」と謝る。全面的に非を認める彼女を前に、良希さんはため息をついた。

「理由は分かった。啓二だけでなく、お前の気持ちに気づいてやれなかった俺にも、実家の親にも責任がある。だけど、やり方が間違ってるんだ。SNSの書き込みにダメージを受けたのは俺だけじゃない」

可南子さんが私を見て、気まずそうに目を逸らした。

「元カノだの、浮気だの、でたらめと分かっていても傷つく人がいる。お前は、それを承知の上で八つ当たりしたのか」

良希さんの声に厳しさが滲《にじ》む。

可南子さんが大粒の涙をこぼし、わっと泣き出した。

「泣いてどうする。ちゃんと説明しろ」

なおも問い詰める良希さんを、私も啓二さんも止められない。可南子さんは手の甲でごしごしと瞼をこすり、しゃくりあげながら打ち明けた。

「お義兄さんと美桜ちゃんが、羨ましかった。新築の家で自由に暮らす二人を見るうちに、なんだか自分が損したような気持ちになってしまったの。でも、あとになって、どれだけひどいことをしたのか気づいた。美桜ちゃんは優しくて、私を妹みたいに可愛がってくれて、大好きなのに……開示請求されて、ブラックローズが私だとばれたら美桜ちゃんに嫌われる。そう思うと怖くて、ずっと逃げてました。本当に、本当にごめんなさい！」

なんとなく予想していた。でも、私は彼女の謝罪をすんなりと受け入れられない。彼女の追い詰められた心は理解できても。

私の気持ちを察したのか、良希さんが彼女に命じた。

「事情はよく分かった。お前の言い分も理解できる。だけど、今後しばらく家に来ないでくれ。美桜はもちろん、俺に会うのも禁止だ」

「……はい」

素直に返事する。啓二さんが渡したハンカチを、瞼に押し当てた。

「可南子、最後に一つ教えてくれ。二月四日の夕方、お前はどこにいた？」

私はハッとして、良希さんを見る。ブラックローズの正体が分かった今、確かめるべきことがあった。

「二月四日？　どうしてそんなこと……」

「いいから」

可南子さんは上着のポケットからスマートフォンを取り出し、アプリを操作した。

私はドキドキする胸を押さえて答えを待つ。彼女がもし黒ずくめの魔女だったら、どうすればいい。そもそも本当のことを答えるだろうか。

「えっと……二月四日は、ずっと家にいました。すごく寒くて外遊びができなかったから、歩美と二人で母屋におじゃまして、ばあばと遊んでた」

可南子さんは育児日記を付けているそうだ。祖母と一緒に積木遊びをする歩美君の写真を彼女が提示する。日付は二月四日の午後四時二十分。

「兄さん。二月四日は、お義姉さんが怪我をした日ですよね」

啓二さんが言うと、可南子さんが「えっ」と声を上げた。

「もしかして……私が美桜ちゃんを襲ったとか、思ってるの?」

「ああ」

肯定する良希さんに、可南子さんがなにか言おうとしてぐっと呑み込んだ。

「疑われても仕方ないよね。でも、そんなこと絶対にしてない。私はあの日、ずっと家にいたもの。お義母さんに確かめてもいいよ」

悲しそうにつぶやき、スマートフォンを仕舞った。

嘘をついているように見えない。そしてやっぱり、私は彼女を怖いと感じなかった。

どうしてなのか、分からないけれど。

「可南子、家に帰ろう。兄さん、お義姉さん、夜遅くにおじゃましました」

可南子さんはもう一度、良希さんと私に深く頭を下げた。私は二人を玄関まで見送ろうとしたが、良希さんに止められた。

リビングに一人残され、誰も口を付けなかったカップを片付けながら考える。

「ブラックローズは可南子さんだった……」

でも、黒ずくめの魔女ではない。

あの雪の日、私を追いかけてきたのは誰なんだろう。

「もしかしたら、悪夢はただの夢？」

タイミングやイメージ。いくつかの要素が符合して、ブラックローズ＝魔女に襲われたと思い込んだ。だけど実際は、私は一人で公園を散歩して、一人で階段から転落した。そのときの痛みや恐怖が、夢になって表れただけかもしれない。

「なんだ、そうだったんだ」

モヤモヤとした不安が一気に晴れていく。黒ずくめの魔女など、最初からいなかった。怖がることなんてなにもなかったんだ。

リビングに戻ってきた良希さんに話すと、少し考えた様子になるが、「そうかもしれないな」と、同意してくれた。

「よし。ＳＮＳの件は解決したし、明るく考えよう」

この子のためにも……と、私のお腹をそっと撫でて、一緒に笑ってくれた。

「たとえ誰であろうと、君を傷つけるのは許さない。これからもずっと守り続ける」

「良希さん」

抱きしめられて、目を閉じる。

いつか記憶が戻るだろうか。戻らなくても、私はじゅうぶん幸せ者だ。

黒ずくめの魔女なんて、もう忘れよう――

第十二章　信じる心　～良希～

ブラックローズの正体が判明した翌日、俺は内野弁護士に会って開示請求の依頼を取り下げた。弁護士を紹介してくれた北野にも、ことの顛末《てんまつ》を電話で報告した。

『なるほど。悪夢とSNSは無関係のようですね』

「ああ。可南子のアリバイも、お袋に確認して裏を取ったよ」

法律事務所を出て駅へ向かう途中にちょっとした広場がある。俺はベンチに座り、街明かりに揺れる若葉を眺めながら北野と話した。

『つまり、美桜さんは一人で公園に出かけたわけですね。黒ずくめの魔女など存在せず、階段から落ちたときの「恐怖」が悪夢の原因ってことでしょうか』

「美桜はそう思ってる。というより、思おうとしてる感じだ」

明るく生きようとする彼女に俺は寄り添いたい。だが、納得できないのも事実だ。

『やはり、誰かに危害を加えられたと、お考えですか』

「ただの夢とは思えないんだ。チョコレートや指輪を失くしたのも気になる。誰かが関わっていると考えたほうが自然だろ」

それが分かれば苦労しない。どうしても思い当たらないのだ。

『先入観を捨てるべきです。ブラックローズの正体が意外な人物だったように、黒ずくめの魔女も身近な人間だったりしませんか？』

「うーん……」

それを言われると言葉に詰まる。俺は可南子を疑わなかった。以前、吉村さんに遠回しに指摘されたが、そんなはずはないと一笑に付した。

『水元先生はあんがい、お人好しですからねえ』

「なんだって？」

北野が鼻で笑うのが聞こえて、さすがにムッとする。

『真実を見抜くためには、猜疑心も必要かと。私など、見合いのたびに建前と本音を見分ける目が研ぎ澄まされていますよ』

「見合い？　なんの話だ」

『もう少しクールな目で人を見てくださいってことです。騙《だま》されないように』

ひょっとして、また見合いに失敗したのだろうか。そういえば、ブラックローズの件を女性心理の参考にするとか、言っていたような……

『誰かとは？』

このまま続けると、妙な方向に話が行きそうだ。

「忠告をありがとう。また変わったことがあれば相談するよ、じゃあな」

北野がなにか言う前に通話を切った。

スマートフォンをポケットに仕舞い、駅へと歩きだす。

俺がお人好し？　そんなわけないだろ。と、言いたいところだが、中《あた》らずといえども遠からず。可南子の例が証明している。

たとえ出来心でも、可南子の行いを許すわけにいかない。美桜を不安にさせたのは事実だし、やり方も悪質だった。それでもいつか、俺は許すだろう。俺だけでなく、美桜自身もきっと……。

「水元先生！」

元気な声に呼び止められた。振り向くと、駆け足で近づいてくる女性がいた。

「吉村さん。今帰りなのか」

「はい。明日は長時間のオペがあるので、器材を念入りに確認してたんです。いつの間にか時間が過ぎてました」

「そうか。毎回しっかり準備してくれて助かるよ。頼もしいパートナーだな」

「器械出しとして当然の務めです」

誇らしげに胸を張る。吉村さんは本当に仕事熱心な看護師だ。

それが高じて、清水さんを追い詰めているわけだが。と、吉村さんと並んで駅へと歩きながら考えた。

清水さんについては、外科病棟の看護師長と相談してある。状況を重く見て、班を変更するなど配慮すると約束してくれた。

師長によると、清水さんは母子家庭で育ち、母親が苦労して看護学校を出してくれたそうだ。つらくても簡単にやめられない事情があると知った。

吉村さんを刺激しないよう、それとなく距離を取るのが最良の方法だろう。

「おっ」

駅ビルの前を通りかかったとき、ショーウインドウに目を引かれた。ベビー用品のショップらしく、マタニティドレスやベビー服が展示されている。

こんなところに店があるとは、今まで気が付かなかった。

「水元先生?」

吉村さんがショーウインドウと俺を交互に見て、「あっ」と声を上げた。

「もしかして、おめでたですか?」

「えっ、いや、それはその……」

しまったと思うが、もう遅い。言いわけしても、勘の鋭い吉村さんに、ごまかしはきかないだろう。

「検査薬が陽性になっただけで、まだハッキリしたわけじゃないんだ。病院で診てもらうのはこれからで」

「なに言ってるんですか。妊娠検査薬って、かなり正確ですよ？　やだ、全然知らなかった。おめでとうございます、先生！」

吉村さんは興奮状態だ。親友の妊娠を心から喜んでいる。

「ありがとう。はは、照れくさいな」

逃げるように歩きだす俺を、彼女がニヤニヤしながら追いかけてくる。

「もうほんと、びっくりです。今度美桜に会ったら、たっぷり冷やかしてやらなきゃ」

「おいおい、お手柔らかに頼むよ」

今はデリケートな時期だ。いくら親友でも、わいわいやられては困る。

俺の表情から困惑を読み取ったようで、吉村さんは「了解です」と言って前を向いた。駅のコンコースに入ると、いつものクールな眼差しで俺を見上げる。

「そういえば、今度の日曜日は楠木教授の講演会ですよね。入江君から聞いたんですが、夜に懇親会があるから遅くなりそうだとか」

「ああ、そうなんだよ。教授が酔っ払ったら泊まりになるかもしれん」

「その場合は、入江君が付き添う感じですか?」

「いや、教授の世話は大変だからな。俺がお供するよ」

吉村さんが驚いた顔になる。

「じゃあ、その夜は美桜が一人になるってことですか? ブラックローズの件が片付いてないのに、家を留守にしたらダメですよ。あの子がもし襲われたら……」

なるほど、吉村さんは黒ずくめの魔女を警戒している。

「その件だが、さっき法律事務所に行って、開示請求を取り下げてきたんだ」

「ええっ、どうしてですか?」

いずれ美桜が話すだろう。俺は吉村さんならと思い、ブラックローズが可南子だったことを教えた。

「そうだったんですか。でも、先生には悪いけど、なんとなくそんな気がしていました」

吉村さんは最初から可南子を疑っていた。女の勘が正しかったわけだ。

「あの、美桜は大丈夫ですか? あの子のことだからショックを受けたでしょうね」

「それなりにね。だけど、黒ずくめの魔女については心配ない。ブラックローズとは関係ないことが分かったんだ」

可南子にはアリバイがある。美桜を襲った事実はないと説明した。

「黒ずくめの魔女は実在しないと考えている」

「うーん……」

彼女は納得しなかった。

「私は安心できません。先生の義妹さんに対して失礼ですが……アリバイなんて、どうとでもなります。なにかあってからでは遅いんですよ？」

「吉村さん、あのな……」

「講演会の夜は私が泊まりにいきます」

可南子を疑うのは美桜を案じてのこと。俺も過保護だが、彼女も相当な心配性である。

「気持ちはありがたいが、そこまでしなくていい。それに、美桜はその日、実家に泊まる予定だから」

「そうなんですか？」

吉村さんはホッとしたのか、気の抜けた顔になった。

「なんだ、それならそうと言ってくださいよ」

上目遣いで俺を睨む。しかし、ようやく安心したようで、それ以上可南子について言及しなかった。

「もし私にできることがあれば、いつでも言ってください。美桜にも遠慮するなって伝えてくださいね！」

「分かった。ありがとう」

彼女とは別の路線なので、改札の前で別れた。

「吉村さんは本当に、美桜のことを大切に思ってるんだな」

家に帰って美桜に話すと、嬉しそうに笑った。

「結花は昔から世話焼きなんです」

「姉御肌ってやつか」

夕飯を食べながら、開示請求を取り下げたことや、清水さんの件も話した。彼女の事情を知ると、美桜は同情の色を浮かべた。

「親に心配かけたくない気持ち、よく分かります。ずっと我慢してたんですね」

「誰にも相談できなかったんだな。でも、これからは大丈夫だ。師長によく頼んでおいたし、俺も注意して見るようにする」

「うん。ありがとう、良希さん」

美桜も面倒見がいいタイプだ。優しさで人を助ける姿は、看護師だった頃を思い出させる。あの頃と変わらず、顔も仕草も、なにもかもがとても可愛い。

「あの……私の顔、なにか付いてますか？」

「いや、なんでもない」

つい見惚れてしまった。やっぱり俺は妻に惚れている。しかもベタ惚れだ。

不思議そうに見てくる彼女を見つめ返そうとすると、リビングで電話が鳴った。美桜のスマートフォンだ。

「誰かしら」

美桜が席を立ち、しばらく話したあと戻ってきた。ちょっと困った顔をしている。

「なにかあったのか」

「実家の父からです。日曜日の約束は延期してほしいと言われました」

「えっ、どうして」

「昔お世話になった人が訪ねてくるそうで、その人を泊めるかもしれないからって」

美桜は父親に会うのを楽しみにしていた。急なキャンセルにがっかりしている。

「そんなに気を落とすな。お父さんにはいつでも会えるよ。それより、美桜が一人になるのが心配だから、やっぱり日曜日は遅くなっても帰るようにする」

「でも、教授を入江さんに任せるのは悪いですよ。私は大丈夫だから、良希さんは会場に泊まって……あっ」

美桜が笑顔になり、ぽんと手を叩く。

「結花に来てもらいましょう。私も久しぶりに会いたいし、お泊まりならゆっくりしてもらえます」

「ああ、吉村さんか」

それは名案だと思った。吉村さんも遠慮するなと言ってくれた。

「早速、結花に電話してみますね。お泊まりでガールズトークなんて久しぶり！」

美桜がウキウキした様子でスマートフォンを操作する。俺はだが、喜ぶ妻を前にして、なんとなく引っ掛かるものがあった。

——もう少しクールな目で人を見てくださいってことです。

「ちょっと待ってくれ。やっぱりダメだ」

美桜がきょとんとして、スマホの操作を止める。

「どうしたんですか？」

「いや、すまない。その……今週は手術が多くて、吉村さんもかなり疲れると思うんだ。仕事のためにも、週末はゆっくり休んでほしい。彼女のことだから、頼めば来てくれるだろうけど」

「そうなんですね」

再びがっかりする美桜を見て、胸が痛んだ。

しかし、北野の言葉がどうしても引っ掛かる。吉村さんは美桜の親友であり、俺にとっても信頼に足るパートナーだが、今は用心すべきだ。

可南子の件があったばかりだろうと自分に言い聞かせた。

「懇親会が終わったら俺は帰宅する。教授のことは入江にしっかり頼んでおくから大丈夫だ」

「分かりました。でも、無理しないでくださいね」

素直な返事が愛しい。

美桜の笑顔を守るのは俺しかいない。お人好しは返上すると決めた。

◇　◇　◇

五月二十九日。有明のホールで、予定どおり講演会が行われた。楠木教授の発表も無事に終わり、あとは懇親会を残すのみ。

懇親会の会場は近くのホテルだが、教授が少し休みたいと言うので、移動の前にホール内のカフェでお茶を飲むことにした。

「水元先生、雨が降りそうですよ」

「今日は夕方から夜にかけて雨。予報どおりだな」

窓際の席に座って外を見ると、日が暮れたように暗い。しばらくすると大粒の雨がガラスを叩き始めた。

コーヒーが運ばれてきて、それぞれ黙って味わう。ひと息ついたあと、入江がスケジュールを確認した。

「今は午後六時二十五分。ホールを出るまで、まだ二十分ほど余裕があります」

「懇親会が終わるのは午後九時だったな。入江、教授を頼んだぞ」

「お任せください」

懇親会のあと、俺はすぐに帰宅する予定だ。楠木教授が泊まることになったら、入江に世話を任せる。

「入江君。この男は、私より奥さんが大事らしいな」

楠木教授が珍しく俺をからかった。その隣で入江がうんうんとうなずき、教授に調子を合わせる。

「本当に水元先生って、奥さんと仲がいいですよねえ。結婚しても熱々で、羨ましいですよ」

「なに言ってるんだ。お前こそ吉村さんと仲良しじゃないか。休日はいつもデートしてるんだろ？」

やり返すと、入江は顔を赤くした。

「そんな、いつもじゃないですって。それに、誘うのは僕ばかりでして。あっ、でも結花さ……吉村さんが気まぐれに電話をくれたりします。今朝も、『アテンド頑張ってね』って、応援してくれたんですよお」

テーブルの上で入江のスマートフォンが震えた。もしやと注目するが、病院からのようだ。

「残念、仕事の電話か」

「吉村さんじゃないのかね」

「な、なにを仰いますやら。すみません、ちょっと席を外します」

椅子を立ち、あたふたと店を出ていく。照れているのか、ずいぶんな慌てようだ。

「若いやつは元気だな。私はさすがに疲れたよ」

「なんだかんだ一日仕事ですから」

「おお、そうだ。入江君がさっき、いいものをくれたぞ」

教授がスーツのポケットからなにか取り出し、俺に手渡した。

「これは、チョコレートですか?」

「糖分補給にどうぞ、だと。二個くれたから一個ずつ食べよう」

「ありがとうございます」

シンプルなひと口チョコだ。金色の包み紙を開いて口に放り込んだ。

「これは……美味しいですね」

「バレンタインデーにもらった高級チョコらしい。私には特別に分けてくれたのだ」

バレンタイン? 驚いて喉に詰まらせた。

「おい水元君、大丈夫か」

「バレンタインって、今は五月ですよ?」

「吉村君がくれた大事なプレゼントだから、少しずつ食べているそうだ。賞味期限は切れとらんし、問題なかろう」

「はあ……」

入江のやつ、とことん吉村さんに惚れ込んでいる。それにしても、高級チョコレートというのが吉村さんらしい。

「どこのメーカーだろう」

包み紙を開くと、【Blumen】とプリントされていた。

「ブルーメン？」

あれっと思う。確か、美桜がデパートで買った高級チョコレートも同じブランドだったような。

つまり、吉村さんもデパートの催事場で、同じチョコレートを買ったのだ。

単なる偶然か？　包み紙を見下ろし、しばし考える。

美桜によると、ブルーメンのチョコレートはフェアの一番人気で、早々に売り切れたとか。偶然にしては、えらくピンポイントだ。

「水元君、どうかしたのかね？」

「あ、いえ、なんでもありません」

コーヒーを飲み、冷静になるよう努めた。

ばかな。いくらなんでも、チョコレートが被ったぐらいで吉村さんを怪しむなんて。

彼女は美桜の親友だぞ。それに、アリバイだってある。二月四日の夕方、彼女は清水さんに周術期管理の指導を行っていた。

俺はいいほうに考えようとした。

しかし、なぜかモヤモヤが消えない。耳の奥で、反響する声があった。

――アリバイなんて、どうとでもなります。

「はっ……」

内ポケットでスマートフォンが震えた。美桜のような気がして急いで取り出すが、これは仕事用の端末だ。知らない番号が表示されている。

「はい、水元です」

『……』

電話の相手が、小さな声で名を名乗った。俺は反射的に椅子を立つ。

「すみません、教授。僕も外します」

「どうした、緊急事態かね」

「はい、たぶん」

教授をテーブルに残して店を出ようとすると、入江とすれ違った。

「あれっ、先生も電話ですか。そろそろ時間ですよ」

「すぐに戻る」

まさかと思うが、可南子の例もある。俺は胸騒ぎを覚えつつ、通路の端に寄ってスマホを構えた。

「もしもし、清水さん?」

『すみません。個人的なことなので、自分のスマホから電話しました。私は仕事が終わったところですが、今、大丈夫でしょうか』

囁くような声。おそらく彼女は、まだ病院内にいる。

「構わないよ」

『あの……美桜先輩の怪我について、少し気になることがあって電話しました』

「美桜の怪我?」

そういえば美桜が病院で清水さんと会ったとき、救急搬送された件を話したと言っていた。

『三ヶ月前というと、二月頃ですよね』

「ああ、二月四日の夕方だ。河川敷公園近くの堤防から転落して、頭を打ったんだ」

『そのとき、美桜先輩は一人だったんですか?』

なぜそんなことを訊くのだろう。だが俺は彼女に答えた。

「分からない。だが、俺はそうじゃないと思っている。雪の降るような寒い日に、あんな寂しい場所を一人で歩くとは思えない」

『雪……』

清水さんが息を呑むのが分かった。

「どうした。気になることはなんだ。どんなことでもいいから言ってくれ」

嫌な予感がする。俺はスマホにかぶりついた。

『……二月四日の午後、私は吉村さんから周術期管理の指導を受けていました。資料室にこもって、二人きりで。でも、吉村さんが途中で、他の仕事があるから自習していてと、部屋を出たんです』

「なんだって？」

吉村さんは午後二時から午後五時三十分まで、清水さんと一緒にいたはずだ。途中で抜けたなんて聞いていない。

「どれぐらいの時間だった？」

『かなり長かったです。戻られたのは五時半ぎりぎりでした。そのときは、忙しそうだなと思っただけですが、でもあとから考えると、吉村さんの様子が変だった気がして』

「どんな風に」

胸がざわめく。スマホを持つ手が汗ばんできた。

『ソワソワとして、落ち着きがなかったです。あと、髪が濡れていました』

「髪？」

『びっしょりではなく、ぺたんとした感じです。きちんと梳かしてたけど、部屋を出る前とは明らかに違っていました』

なぜさっき、清水さんが息を呑んだのか分かった。

「外出したってことか」

二月四日の夕方。吉村さんは病院を抜け出し、雪に濡れたのだ。

『分かりません。雪と聞いて、とっさにそう思っただけで……』

「清水さん、君が電話をくれたのは根拠があるからだ」

でなきゃ、そんな発想はしない。吉村さんが清水さんにつらく当たるのは、なぜなのか。たぶん、そこに答えがある。

『吉村さんは、水元先生のことを……好きなんだと思います。私を見る目、態度。あれは嫉妬です。たぶん、私の上に美桜先輩を重ねているのだと』

彼女は声を震わせた。もっと前から気づいていたのかもしれない。

「よく電話してくれたね。教えてくれて助かったよ」

『そんな、とんでもないです。あのっ、先生！』

清水さんの声が急に大きくなる。

『師長からお聞きしました。私のために、吉村さんを遠ざけるよう言ってくださったと。私、ものすごくホッとしたんです。本当は、誰かに助けてほしかった。でも、看護師をやめたくなくて、ずっと耐えてたんです。先生と美桜さんに助けてもらわなければ、どうなっていたか……』

「清水さん」

彼女はそこまで追い詰められていた。追い詰めたのは吉村結花という女だ。

『本当に、ありがとうございました』

「礼を言うのは俺のほうだ。美桜のために勇気を出してくれて、ありがとう」

清水さんに感謝を伝えて、通話を切った。

疑いたくないが、今こそ冷静に人を見るべきだ。二月四日の吉村さんの行動。濡れた髪。雪——すべてが一直線に繋がる。

しかし、一つ気になるのは魔女のイメージだ。もしも吉村さんが魔女だとしたら違和感があった。魔女は長い黒髪に黒ずくめというビジュアルだが、彼女は違う。

通路を行き交う人々を見やった。ふと、ロングヘアの女性に目が留まる。

——ウイッグを着けるだけで、ガラッとイメージが変わりますもの。

「そうか、単純なことだ」

信じる心が粉砕した。それと同時に、握りしめた手の中でスマートフォンが震える。
タイミングを計ったように届いたそれを見て、血の気が引いた。
【先生も美桜も大嘘つき。絶対に許さない！】
魔女からのメッセージだった。

第十三章　黒ずくめの魔女　～美桜～

五月二十九日。今日は講演会の日。

楠木教授の助手を務める良希さんは、朝早くに家を出た。懇親会のあと、すぐに帰宅する予定だが、夜の十時を過ぎるだろう。

まだ二時を回ったばかり。私は庭に出て、草むしりを始めた。梅雨が近いのか、空気が湿っぽい。

一段落して空を見上げると、今にも降りだしそうな雲行きだった。

適当なところで草むしりを切り上げ、家に上がった。手を洗ったあと、お茶が飲みたくなってキッチンで湯を沸かす。

湯呑みを用意していると、インターホンが鳴った。

不用意にドアを開けないようにと、良希さんに言われている。宅配便かなと思いつつモニターを覗いた私は、思わず笑顔になった。

「結花、いらっしゃい！」

急いで玄関に行き、結花を迎え入れた。

「やっほー、美桜。来てあげたわよ」

「びっくりした。どうしたの、突然」

結花は肩に掛けたエコバッグを下ろして、中身を見せた。ほうれん草にキャベツ、ブロックベーコンなど、食材が入っている。

「今日は講演会でしょ。今朝、入江君に頑張ってきなさいねって電話したのよ。で、懇親会が終わったらお酒でも飲みに行こうって誘ったんだけど、教授の世話をするから無理って言うじゃない」

「あ……」

良希さんの代わりに、入江さんがホテルに泊まることになった。結花は知らなかったようだ。

「水元先生は、一人で留守番する奥さんが心配だから帰宅するんですって。美桜は実家に泊まるって聞いてたんだけど？」

冷やかすように言い、横目で見てくる。

「実は、お父さんの都合が悪くて行けなくなったんだ。それで、良希さんが帰ってくることになって」

「もう、先生もあんたも水臭いんだから。そう言うときは私を頼りなさいよね」

「ありがとう、結花。私は頼ろうとしたけど、良希さんが遠慮したの。週末は、しっかり休んでほしいからって」

「そうなの？　まったく、私はそんなにやわじゃありませんわよ」

怒ってみせるが、すぐ笑顔に戻る。私も釣られて笑った。

「そんなわけで、遊びに来てあげたの。これは夕飯の食材ね」

「夕飯って……えっ、夜までいてくれるの？」

「もちろん。先生が帰るまで付き合うつもり。あんたの好きなほうれん草のキッシュと、野菜たっぷりポトフを作ってあげるわ」

「ええっ、嬉しい！」

キッシュは結花の得意料理だ。学生時代に、よく食べさせてもらった。

「大事な時期だし、栄養を摂らないとね」

結花がにやりとして、私のお腹に注目する。

「おめでただって？　やっぱりスキンシップしてたのねー。すっかり騙されたわ」

妊娠のことだ。反射的に、頬がかあっと熱くなる。

「だ、騙したつもりでは……あの、でも、なんかごめん」

いくら友達でも言えないことがあった。だけど、結果的に騙したことになるのだろうか。気まずいやら恥ずかしいやらで、もじもじする。

「ばかね、なに謝ってんのよ。そんなことより、これからはもっとしっかりしなさいよ。一人の身体じゃないんだから。可南子さんとか、変な人に気を付けなくちゃ」

「可南子さん？」

「先生から聞いたわ。あの人がブラックローズだったんでしょ？」

「う、うん」

「先生はアリバイがどうとか言ってたけど、可南子さんが危険人物なのは確かよ。アリバイなんて、どうとでもなるんだから」

結花は初めから可南子さんを疑っていた。今も彼女を魔女と結び付け、警戒しているのだ。私がなにを言っても聞き入れないだろう。

「と、とにかく中に入ってよ。こんなところでお喋りしてても始まらないし」

「分かった。旦那様の義妹を悪く言えないもんね。それじゃ、おじゃましまーす」

私の気持ちを察してか、切り替えてくれた。

「それにしても、私を心配してわざわざ来てくれるなんて、ちょっと感動しちゃう」

「なに言ってんの。美桜は大事な親友なんだから」

リビングでお喋りしながら、結花の輝く笑顔に見惚れた。

久しぶりに会う彼女は、ますますお洒落で、明るくて、女性の魅力にあふれている。きっと、入江さんと素敵な恋をしているのだろう。

「なによ、じろじろ見て」

「ご、ごめん。あっ、お茶を入れるね」

私たちは学生時代に戻ったように楽しく過ごした。お菓子を食べたり、お喋りしたり、サブスクで懐かしいドラマを観たり。

それはとても大切で、とても幸せな時間だった。

「ちょっと、美桜。こんなところで寝たら風邪引くわよ」

「あれ……私、寝てた？」

気が付くとドラマが終わっていた。

「次回予告までは、起きてたけどね」

「最近、すごく眠くて。ホルモンの関係かしら」

「そうかもね。ところで最近は悪夢を見ないの？　ほら、魔女がどうとか言ってた」

結花が心配そうに、私の顔を覗き込む。

「まったく見なくなった。たぶん、幸せだからかな」

「幸せ？」

きょとんとする結花に、私は心情を打ち明ける。少し照れくさいけど、彼女なら真面目に聞いてくれる。

「ありがとうね、結花。いろいろあったけど、私、本当に幸せだよ。良希さんと結婚して、子どもができて、それから……結花という親友がいる」

「美桜……」

ふっと目を逸らした。照れたのだろうか。

「そうね、あんたは世界一の幸せ者だよ。羨ましいくらい」

こちらを向いて、にこりと微笑む。私の気持ちを分かってくれたのだ。

「さてと、私は夕飯を作るわ。キッチン借りるわね」

「うん、自由に使っていいよ」

「あんたは寝室に行って、少し眠りなさいよ」

「ありがとう。結花のキッシュ、楽しみにしてるね」

「任せなさい」

楽しい時間は、まだまだ続く。幸せいっぱいの気持ちで、キッチンに入る結花と手を振り合った。

◇◇◇

雨の音で目が覚めた。

寝室の暗さに、夜になったことを知る。サイドテーブルの時計を見ると午後七時ちょうど。懇親会が始まる頃だと、ぼんやり考える。

「……いけない。少しのつもりが、ずいぶん眠っちゃった」

結花が夕飯を作り終えて、私が起きるのを待っているだろう。早くしないと、せっかくの料理が冷めてしまう。

布団をはねのけ、慌ててベッドを降りた。

「あれ？　スマホがない」

眠る前、充電器にセットした気がするのだが……記憶が曖昧だった。

「リビングに置きっぱなしだったかも」

寝ぼけた頭をぽんぽんと叩き、とりあえず結花のもとへと急いだ。

「ごめん、結花。つい寝過ぎてしまって……」

キッチンを覗くと結花がいない。料理は出来上がったようで、いい匂いが漂っている。ダイニングテーブルを見ると、大皿にキッシュが盛り付けられていた。

さすが結花。相変わらずの腕前に感心してしまう。

でも、どこに行ったんだろう。大きな声で名前を呼ぶが、返事がない。家の中はシンとして、雨の音がするばかりだった。

コンビニにでも行ったのかなと思い結花に電話をかけようとして、スマホがないことを思い出す。リビングに移動して、テーブルの上やテレビの周りを探した。

しかし見つからず、テーブルの下を覗き込んでみる。

「あ、結花の……」

スマホではなく、結花のバッグを発見した。ソファに置いてあったのが、落ちてしまったようだ。財布など中身がこぼれている。

バッグがあるということは、買い物に行ったのではない。じゃあ、一体どこへ？

不思議に思いながら、こぼれたものをバッグに戻した。

財布に手帳、最後にハンカチを戻そうとしたとき、コツンと音がした。床になにかが落ちたようで、拾ってみるとそれは指輪である。ハンカチに包んであったようだ。

「えっ？」

指輪をよく見て、ハッとする。良希さんの結婚指輪とデザインが似ている。いや、サイズ以外、そっくり同じだった。

「えっ、なんで……どういうこと？」

鼓動が速くなる。もしかして、この指輪は――

リングの内側をそっと確かめる。たまたま似た指輪を持っていたのかもしれない。そうに決まっていると思いながら。

「あっ……」

【YOSHIKI to ――】

刻印があった。toの後ろが黒く塗り潰されているが、ＭＩＯの文字がかろうじて読み取れる。これは、間違いなく私の結婚指輪だ。

どうして結花が持っているの？　しかも私の名前が塗り潰してある。まさか、結花がやったの？

考えようとすると、頭の芯に強烈な痛みを感じた。なにかを思い出せそうな。でも、思い出してはいけないような。

思い出せ。思い出すな。私の中で二つの意思がせめぎ合う。

「痛い……あ、ああっ……」

きっかけは指輪だ。指輪に問いかければ、なぜ記憶を失ったのか、その原因も分かる気がした。痛みを堪えながら、左手の薬指に指輪をはめてみる。

しっくりと馴染むこの感じ。この指輪は間違いなく私のものだ。良希さんと交換した、結婚の証である。

突如、鮮やかな場面が脳内に映し出された。

良希さんと紡いだ恋愛の日々。結婚式。ハネムーン。それら幸せな情景は、失われた記憶。指輪が鍵となり、固く閉ざされていた扉が開いたのだ。

「全部、思い出した……」

頭痛が嘘のように消え去り、その代わり、胸の鼓動が激しくなる。蘇ったのは良希さんとの思い出だけじゃない。

両手を握り合わせ、震えながらあの日を再生する。

とても寒い日だった。キッチンでお茶を入れていると電話が鳴った。スマートフォンではなく、リビングの固定電話だ。ディスプレイに【公衆電話】と表示されるのを見て、私は少しためらったのち応答する。声を聞いて、すぐに彼女だと分かった。

「なんてこと……」

二月四日の午後。私を公園に呼び出したのは結花だった。

スマホの着信履歴やメッセージアプリをチェックしても分からなかったはずだ。

「結花……」

我に返り、立ち上がる。結花はどこに行ったのだろう。もしかして帰ったのだろうか。でもバッグがある。彼女が戻る前に良希さんに知らせて、どうすればいいのか相談しなければ。

親友なのに。かけがえのない友達なのに。信じられない。でも、あれは現実。

私は混乱した。オロオロするばかりで、自分では判断がつかない。

スマホを探すが、どうしても見つからないので、固定電話の受話器を取った。最初からこうすれば良かったと焦りながらボタンを押して、異変に気づく。

受話器からなにも聞こえず、ボタンを押しても反応しない。よく見ると電話線のコードが切断されている。

愕然《がくぜん》とした。これでは良希さんに連絡が取れない。いや、連絡が取れないように工作したのだ。

「結花。あなたなの？」

受話器を見下ろし、ハッとする。そういえば、この電話から結花に電話したことがある。そのとき、彼女はこう言った。

――だって、水元家の番号だもん。

普通、家電の番号まで覚えているだろうか。でも彼女は覚えていた。二月四日にかけたばかりだから。それに、彼女にとって水元家の番号は特別だから。

どうして疑わなかった？　疑うわけがない。結花は親友だ。

目に涙が滲む。私の心は今、悲しみでいっぱいになったあの日に戻っている。

「なにしてるの？」

「……！」

声にならない悲鳴を上げた。受話器を捨てて後ろに飛びすさる。

「ゆ、結花……」

「先生に電話するの？」

いつの間にか結花が戻り、背後に立っていた。髪も服もずぶ濡れで、どうしてか手が泥だらけ。しかも、園芸用の草刈り鎌を握っている。

「ど、どうしたの、そんな格好で……どこに行ってたの」

平静を保とうとするが、声が震えた。刃物を持つ彼女が、あの日と同じように私を見据えている。

「一仕事してたの。おかげで時間をロスしたわ」

なにを言っているのか分からない。ただ、結花が結花でなくなったことは確かだ。

「美桜。もしかして、思い出したの？」

返事ができない。膝が震えて逃げることもできない。

「ふーん、それで電話しようとしたんだ。でも大丈夫よ。私がさっき、連絡しておいたから」

「どういう意味？　わ、私のスマホは……」

結花がポケットからそれを取り出し、私の目の前に掲げた。

「これのこと？」

「私が眠ってる間に、盗んだの？」

「はあ？　人聞きの悪いこと言わないで。それに、泥棒はあんたでしょ！」

鬼の形相になった。恐ろしさのあまり、私は瞬きすらできなくなる。

結花がスマホを床に放り捨て、鬼の顔のままにこりと笑う。

「そんなことより、早く最後の晩さんを始めましょうよ。あんたのために焼いたんだから。毒入りのキッシュを」

「ど、毒入り？」

「助けが来る頃には、もう手遅れ。先生の慌てふためく姿が見ものだわ」

冷たい眼差し。あの日もそうだった。

「……」

誰もいない公園。降りしきる雪。これは夢ではない。私の目の前に魔女がいる。

「私を公園に呼び出したのは、結花だったのね」

「ようやく気づいたんだ。あんたも先生も、仕事はできるのにどっか鈍いのよね。腹が立つくらい」

結花が鎌を持つ手を震わせる。私は気を失いそうになりながらも彼女と向き合う。怖くて堪らないけど、もう逃げてはいけない。

「あの日、電話してきたよね。水元先生に内緒で相談したいことがある。今から清流公園に来てほしいって……どうして家の電話にかけたの？　しかも公衆電話から。普通ならスマホにかけるよね」

「そんなこと聞いてどうするのよ」

「お願い、答えて」

まっすぐに見つめた。

「……決まってるでしょ。正体をごまかすためよ」

やっぱりと思いながら胸を押さえる。

私の反応に満足したのか、彼女は悪びれもせず供述を始めた。

「警察にばれなければいいのよ。だから、あの日は徹底的に用心したわ。アリバイを作って病院を抜け出し、駅の公衆電話であんたに連絡した。防犯カメラに映っても大丈夫なように、わざわざ変装してさ」

「警察って……」

犯罪を示唆する発言に背筋が凍りつく。

「川向こうの公園に呼び出したのは、病院から離れた場所が良かったから。変装してるとはいえ、誰かに見られたら面倒でしょ？　それに、お気に入りの公園なら、あんたが喜んで来ると思って」

違う。お気に入りの公園だから行ったんじゃない。結花の相談に乗りたくて出かけたのだ。公園だろうと、どこだろうと、関係ない。結花なら分かるはずなのに。

「案の定、あんたはのこのことやって来た。幸せそうな顔して、バレンタインチョコなんか手にぶら下げてさ。ムカついたから、取り上げてやったわ」

「え……」

あのチョコレートを、良希さんに買ったものだと彼女は思ったのだ。

「続きは言わなくても分かるでしょ？　記憶が戻ったんだから」

「そ、そうだけど……」

公園に着く頃、雪が激しくなった。待ち合わせ場所にいたのは、傘も差さずに佇《たたず》む黒ずくめの人。私は、それが結花だとすぐに気づかなかった。

長い黒髪。黒のロングコート。魔女みたいだと思って……

――もしかして、結花？　どうしたの、その格好。

駆け寄ると、いきなりチョコレートの袋を奪われ、罵声を浴びせられた。

――水元先生と結婚するのは私のはずだった。それなのにあんたが奪った。もう耐えられない。絶対に許さない。先生と別れてよ、今すぐ！

結花は激しい口調で、一方的に私を責めた。わけが分からず、どうにか理解できたのは、結花の良希さんへの思い。そして、私をずっと恨んでいたこと。驚きと恐怖。それよりも、私が彼女を苦しめていたという事実がショックだった。

そして、私は耐えられず、逃げ出したのだ。恐ろしい現実と、許さないと叫びながら追いかけてくる彼女から。

「私を襲ったのは、結花だったのね」

「あんたが勝手に逃げて、勝手に階段から落ちたのよ。まさか記憶喪失になるとはね。なんにせよラッキーだったわ。あんたも死なずに済んでラッキーじゃん」

信じられない言葉だった。

「あれだけ派手に転落しておいてさ。指輪を抜き取っても、ピクリともしなかったし」

「指輪……指輪を盗んだの？」

震え声で問うと、結花が目を剥《む》いた。

「だから、盗んでない！　もともと私のものなんだから、返してもらっただけ。泥棒はあんただって言ってるでしょ！」

「結花……」

膝に力が入らない。へたり込む私を、結花が怒りの目で見下ろす。

「美桜を憎んでも始まらない。最初はそう思って、先生への思いを断ち切ろうとしたわ。だけど、それじゃダメ。泣き寝入りしようとする私に、神様が気づきを与えてくれたの」

「気づき？」

「あんたの代わりに看護チームに入った清水さんよ」

あっと声を漏らした。それと同時に、清水さんの怯えた顔が脳裏に浮かぶ。

「彼女を見るうちに憎しみが再燃して、抑えきれなくなった。ぼーっとした雰囲気や、優しげな笑顔。お人好しだから損してますみたいな顔で、やることはやってる。あんたって人は、親友を出し抜いてまで男を手に入れる、ずるい女。私に対する裏切りを絶対に許さないって、決めたのよ！」

結花の言葉が鋭い刃となり私を切り裂いた。

「私はいつも水元先生のそばにいて、サポートしてきた。ベストパートナーとしてそばにいたの。それなのに、いつの間にかあんたが奪った。看護師として、女として、私より劣る女がどうして選ばれたの？　どれだけショックだったか分かる？　しかも今度は子どもまで……絶対に許さない！」

あの日の衝撃が蘇る。だけど、もう逃げてはいけない。怖くても、もう繰り返してはならない。彼女の怒りを受け止め、そして伝えなければ。

私はよろよろと立ち上がり、もう一度結花をまっすぐに見つめた。

「あのチョコレートは、結花にあげるつもりだったの」

「はっ？」

なにを言っているのか分からないという顔。たぶん、結花にとってどうでもいいことだから。でも、私には大事なことだ。

「公園に行く前に、デパートで買ったの。あなたにプレゼントしたくて」

「ふん、よく言うわ。もう少しましな嘘ついたら？」

「本当だよ！」

自分でも驚くような大声が出た。結花が一瞬たじろぐのが分かった。

「看護学生の頃、実習でミスして落ち込んだ私を、結花が慰めてくれたよね。散歩なんて興味ないのに付き合ってくれて、高価なお菓子をプレゼントしてくれた。それが清流公園だったの。私は、あのときのお返しのつもりで、チョコレートをプレゼントしようって思ったのよ」

ブルーメンは人気ブランドのチョコレートだ。きっと喜んでくれると想像しながら公園に行った。

「結花が悩んでるなら、今度は私が励ます番だと……」

「やめてよ！」

鎌を振って彼女が遮る。

「なにがプレゼントよ。あんなもの、研修医にくれてやったわ」

「研修医……入江さんのこと？」

結花が冷酷な笑みを浮かべた。

「あんなやつ、恋人でもなんでもない。カモフラージュに利用しただけよ」

「で、でも入江さんは、本気で結花のことを」

「あいつが勝手にのぼせてるだけ。水元先生に比べたら、てんでお子様だもん。この私が本気で相手するわけないでしょ」

「そんな……」

私はここへきて、結花の言動に違和感を覚える。私を一方的に責めるばかりで、まったく悪びれた様子がない。

「結花……年下が好きだってずっと言ってたよね。あれも嘘だったの？」

「嘘じゃないわ。実際、水元先生と出会うまでは年下派だったし」

「嘘ついてるのと同じだよ。そもそも、結花は良希さんを好きだなんて、一言も言わなかったじゃない。言ってくれなきゃ分かんないよ」

「あんたが鈍感なのよ。言わなくても察するべきでしょ！」

「勝手すぎるよ、結花！」

結花は返事に詰まり、悔しそうに顔を歪めた。

「うっざい。もう、あんたのそういうところ、マジでうざい！」

鎌を振り上げ、飛びかかってきた。

「先生を返しなさい。泥棒！」

「やめて、結花！」

私は身をひるがえし、一撃をかわす。結花が体勢を崩した隙に、窓際へと逃げた。

恐ろしさのあまり声が出ず、心で叫ぶ。

（助けて、良希さん！）

結花が再び向かってきた。

もう逃げられないと覚悟した瞬間、背後の窓が開いた。

「美桜！」

力強い腕が私を抱き寄せる。それと同時に、突進してくる彼女の手から鎌を叩き落とした。

間一髪で飛び込んできたその人を見上げ、涙があふれた。

「良希さん……」

「美桜、大丈夫か！」

私を上から下まで見回し、無事であるのを確かめるとホッと息をついた。そして、床に倒れ込んだまま愕然とする結花を、静かに見下ろす。

「殺そうとしたのか」

「……」

結花は答えず、青ざめた顔を彼に向けた。

「あのときも、美桜を殺そうとしたのか」

二月四日の出来事だ。良希さんも、魔女が結花だと分かっている。

「美桜が勝手に逃げ出して、階段から落ちたのよ。死ねばいいと思ったけど」

胸がズキッとした。

「君は、どうしてそんな風になってしまったんだ」

良希さんが窓を閉めた。雨風が遮断されて、部屋が静かになる。結花はゆっくりと立ち上がり、彼に訴えた。

「先生が裏切ったからよ。私が一番そばにいてサポートしてきたのに、よりによって美桜と結婚するなんて。私のことを、いつも褒めてくれましたよね。素晴らしいパートナーだと」

「仕事上のパートナーだ」

「違う、そんなことない。美桜の前だから嘘をついてるんだわ」

結花はどうかしてしまった。必死になって自分を正当化しようとする姿は、かつての親友ではない。

「俺は、君の気持ちに気づかなかった。もし誤解させるようなことを言ったのなら謝る。だけど、自分を見失わないでほしい。俺ではなく、美桜のために」

「どういう意味ですか？」

結花が私を睨む。悲しくなるほど、憎しみのこもる視線だった。

「吉村さん。美桜が記憶を失くしたのは、君の言動にショックを受けたからだ。だから、俺との恋愛も結婚もきれいに忘れ去った」

「ふん、まさか。非科学的だわ……」

結花がバカにしたように笑う。でも良希さんはあきらめず、私の気持ちを代弁してくれる。

「敬愛する親友。最愛の友を傷つけていた。その事実が恐ろしくて、幸せな記憶に蓋をしたんだ。美桜の性格は、君が一番よく知ってるだろう」

結花は返事をせず、私から目を逸らした。

「だからなんだって言うの。そもそも私は、そんなご立派な人間じゃないわよ。それどころか、先生と別れないなら消えてもらうつもりだったし」

「そうだな。最初からそのつもりだった。しかし、美桜が階段から落ちるというハプニングが起きた。転落という『事故』が」

良希さんの表情が変わった。厳しく、そして鋭い眼差しで結花を見据える。

「君は、これ幸いとばかりに美桜を放置した。しかも指輪まで盗んで。雪の降る中、誰にも発見されなかったら、どうなっていたか」

迫る良希さんから結花があとずさりする。心底怯えているのが分かった。

「あ、あのときはランニングのかけ声が聞こえてきたから、すぐに発見されると思って……放置したわけじゃ……」

「それでも、君自身が助けるべきだった」

良希さんが厳しく言い放つ。

「がっかりしたよ、吉村さん。君はどんなときでも冷静に状況判断し、的確な処置を行う優秀な看護師。崇高な志を持つ医療従事者だと俺は信じていた。だから、君が魔女だとは考えなかったんだ」

結花は唇を結び、身体を震わせた。一つも反論せず。

「確かに君は、最高のパートナーだ。外科医として全幅の信頼を寄せる、素晴らしいオペナースだよ。だが、もう看護師と認められない。そして、はっきり言っておく。俺は、美桜を傷つける人間は誰であろうと絶対に許さない！」

敢然とした拒絶。結花は膝からくずおれ、嗚咽《おえつ》した。

「結花……」

どんなときも強く、明るく、私のそばにいてくれた親友が、悲しみにまみれている。今初めて、ありのままの姿を見せていた。

「美桜。私、あなたに嫉妬してた……どうしても敵わないと、分かってたから……」

「結花」

「ごめんなさい」

「そんな……結花」

良希さんが私の肩に手を置き、後ろに下がらせる。彼の目が、簡単に許してはいけないと告げていた。

「警察を呼ぶ。君は人として、越えてはいけない一線を越えてしまったんだ」

結花がうつむいたまま、黙ってうなずく。

私は堪らなくなってその場を離れ、キッチンへと逃げた。

テーブルの上の料理は、冷え切っていた。

良希さんが通報して間もなく警察が到着し、私たちに事情を聞いた。結花は抵抗せず、自分がしたことを全面的に認めて素直に警察車両に乗り込んだ。

最後まで、私の顔を見ることもなく。

「どうしてこんなことに……」

「美桜」

すべてが終わり、良希さんと二人きりになったときに雨が上がった。庭を見ると、紫陽花の鉢が壊され、つぼみがずたずたになっている。

「吉村さんがやったのか」

「たぶん……あの子の手、泥だらけだった」

結花は私を許せなかった。でも、私を苦しめた可南子さんも許せなかったのだ。

「思い出したの。可南子さんが紫陽花をくれたとき、言ったこと」

——美桜ちゃん、知ってる？　友達が教えてくれたんだけど、紫陽花って、たくさんの小さな花が集まって咲くでしょ？　家族団欒《かぞくだんらん》を表す花とも言われてるんだって。だから、新築祝いに選んだの。楽しくて賑やかな家庭になりますように。

「可南子がそんなことを……」

「人は誰もが間違いを起こす。でも、信じたいと思うの」

なぜ自分が記憶を失ったのか理解した。良希さんの言ったとおりなのだ。

「ありのままの結花を受け入れるのが怖かった。でも、きちんと向き合うべきだった。私はもう逃げません」

紫陽花の茎を拾い、泥を払う。あきらめず、土に植えれば根が付くだろう。

「時が経てば、きれいな花が咲きます。信じて待てば、きっと」

「美桜」

良希さんの胸にもたれた。閉じた瞼に浮かぶのは、いつかの夢。
あれは、悲しい現実から逃げた私の心象風景。
懸命につかんだひとひらの雪は、あなたという希望でした。

終章

事件から一ヶ月が過ぎた。

今日は梅雨の晴れ間。

私は良希さんに付き添われて、三日月市総合病院で診察を受けている。

「異状なしです。記憶もすっかり戻られたようですね」

北野先生が電子カルテに診察結果を打ち込み、にこりと微笑んだ。私も良希さんと顔を見合わせ、ホッと息をつく。

「赤ちゃんも順調そうですね」

「はい。十週目に入りました。つわりがありますが、軽いほうです」

良希さんが隣で満足そうにうなずくのを見て、北野先生がコホンと咳払《せきばら》いする。

「まだまだこれからです。ご主人さまも、妊婦さんの体調を気遣ってくださいね」

「分かってるさ。大事にしすぎて、うっとうしがられてるよ」

「良希さんったら」

三人で笑い合った。

「逆行性健忘。私も、ずいぶん勉強させてもらいました。とにかく、大切な思い出を取り戻せたこと、主治医として嬉しく思います」

「北野先生……」

私たちはあらためて彼にお礼を言い、診察室を出た。

「北野先生に診てもらえて、良かったです」

「そうだな。俺もなにかと助けられた」

会計を済ませて時計を見ると、まだ午前中だった。

「良希さん、清流公園に寄っていきませんか？」

「俺はいいけど、体調は大丈夫？」

「はい。そろそろ夏の花が咲き始める頃だし、行ってみたいです」

良希さんと一緒に、公園までの道をゆっくりと歩いた。川面がきらきらと輝き、爽やかな風が吹く。清々しい光景だった。

「桔梗にダリア、グラジオラス。あっ、ミニひまわりも咲いてる！」

清流公園の花壇は色とりどり。良希さんに見守られながら、季節の花々を楽しんだ。

「冬は閑散としてたのに、今の時期は賑やかだな」

「冬でも、暖かい日は散歩する人が多いですよ。雪が降ったりすると、やっぱり寂しいけど」

良希さんが心配そうに見てくる。だけど私は、心からの笑みを返した。

「いろんなことがあったけど、私はこの公園が好きです」

「そうか」

もうなにも言わない。心配しながらも、彼は分かってくれている。

スマートフォンで花の写真を撮っていると、通知が表示された。

「あっ、可南子さんからです」

《こんにちは美桜ちゃん　体調はどうですか？　啓二さんが今度の日曜日に家族みんなでご飯を食べようって言ってます　また一緒に遊ぼうね！》

「相変わらず元気なやつだ」

「うふふ。食事会、楽しみですね」

可南子さんとは時々、アプリで会話している。

啓二さんが仕事を調整し、休みをちゃんと取るようになったそうだ。楽しそうな家族写真を見て、こちらまで嬉しくなってしまう。

「紫陽花も根が付いたし、良かったな」

「はい、本当に」

彼女がくれた紫陽花を庭に植え替えた。あきらめ半分だったが、しっかり根付いてくれて嬉しい。来年はきっと、可愛い花を咲かせるだろう。

木陰のベンチに座り、家族連れやカップルが行き交う風景を眺めた。平和で静かな時間が、私の心を穏やかにさせる。

「結花、どうしてるかな」

「ああ……」

事件のあと、結花から手紙が届いた。謝罪と後悔。彼女らしい丁寧な筆致とまっすぐな言葉から、嘘がないのが分かった。

彼女は、失恋や嫉妬よりも、看護師として認めないと良希さんに言われたことがショックだったという。あの一言で目が覚めたのだ。

清水さんと入江さんにも謝罪したと聞く。

良希さんによると、入江さんはしばらくしゅんとしていたが、『立派な医師になって結花さんを見返します！』と、前向きな目標を立てたそうだ。

清水さんも、病棟看護師として頑張っている。結花に苦しめられたが、教えられた知識や技術は彼女のスキルとなり、感謝の念もあるとのこと。

「二人とも偉いですね」

「ああ。将来が楽しみだ」

それから、警察の調べで分かったことがある。結花のキッシュから毒物は検出されなかった。良希さんや私を苦しめるための脅迫だったと、彼女は供述したそうだ。

手紙は彼女の弁護士が携えてきた。

私たちはよく話し合い、示談に応じて被害届を取り下げると決めた。ただ、こちらから連絡しない限り一切関わらないようにと、良希さんが条件を付けた。

示談金には慰謝料が含まれていたが、受け取らなかった。そのお金は結花の意思で慈善団体に贖罪寄付したという。

結花はおそらく、周囲に説得されて示談を申し出たのだ。彼女なら潔く刑事処分を受け入れただろう。私も良希さんもよく分かっている。

「吉村さんは医療現場を離れる。だが、一からやり直し、人の役に立つ仕事をすると手紙に書いてあったな」

「ええ。結花らしいです」

彼女は遠くに行く。おそらく海外。より困難な状況での活動を求めるはずだ。そして、私たちに会うとすれば何十年も先。

「そろそろ行こう。昼飯の時間だ」

「うん」

公園の出口へと向かう。

二人が歩くのは、木漏れ日が照らす穏やかな道。

「私ね、記憶喪失になったからこそ分かったの。良希さんがそばにいる幸せ。そして、あなたがどんなに愛してくれたのかも」

「美桜……」

繋いだ手に力がこもる。互いの気持ちが伝わる。

「記憶を何度失っても、何度でもあなたを好きになります」

「ありがとう」

引き寄せられて、温もりに甘えた。頼もしい身体と心が、私を守っている。

「だけど、何度も記憶喪失になられては困るな」

「えっ？」

良希さんと見つめ合い、ぷっと噴き出す。

「そ、そうですよね」

「そうだよ」

微笑む彼が愛しい。

世界で一番大好きな男性《ひと》。

優しい光に包まれて、幸せをかみしめた。

あとがき

こんにちは。藤谷郁《ふじたにいく》です。

このたびは『目覚めたら、極上ドクターの愛され妻になっていました～過保護な旦那様は記憶を失くした彼女を愛し蕩かしたい～』を、お手に取ってくださり、ありがとうございます。

久しぶりの新作書き下ろしです。三年ほど前に体調を崩し、しばらく創作を休んでおりましたが、少しずつ書き進め完成させることができました。

今回の作品は、いわゆる記憶喪失ものです。恋愛小説に限らず人気の設定ということで、少し緊張しつつ執筆いたしました。

ヒロインの美桜は、憧れのドクター良希と結婚したばかりの元看護師。ある出来事がきっかけで記憶喪失になり、大切な彼との一年間の思い出が消えてしまいます。記憶喪失の理由が分からず不安になりながらも、頼もしい旦那様の愛情に守られ記憶を取り戻していく……というストーリーです。

登場人物それぞれの心理や行動を書くのが、ややこしくも楽しかった。最終的にどうなるのか、自分でもハラハラしながら進んでいった感じです。

あとは、章ごとに視点を変えるのは初めてだったのですが、初心な美桜に焦らされる良希を書くのは面白かった。（笑）

皆様にも物語とともに、その辺りを楽しんでいただけたなら幸いです。

最後になりますが、刊行にあたりお世話になりました担当様、編集部および関係者の皆様、ありがとうございました。

表紙イラストを手掛けてくださったハル・先生には、溺愛たっぷりの二人を描いていただき、感謝の気持ちでいっぱいです。

そして、お読みくださった皆様にも、あらためてお礼を申し上げます。

小説を書くのは大変だけど、やはり楽しい。

これからも、少しずつでも創作を続けていきたいと思います。

マーマレード文庫

目覚めたら、極上ドクターの愛され妻になっていました

～過保護な旦那様は記憶を失くした彼女を愛し蕩かしたい～

2023年6月15日　第1刷発行　定価はカバーに表示してあります

著者　藤谷 郁　©IKU FUJITANI 2023

発行人　鈴木幸辰

発行所　株式会社ハーパーコリンズ・ジャパン
東京都千代田区大手町1-5-1
電話　03-6269-2883（営業）
0570-008091（読者サービス係）

印刷・製本　中央精版印刷株式会社

Printed in Japan ©K.K. HarperCollins Japan 2023
ISBN-978-4-596-77510-8

m a r m a l a d e b u n k o